虚構の川

宮西真冬

講談社

目次

装画＝3rdeye
装幀＝川名 潤

四月の岸辺

四月の岸辺

三月が終われば四月になって、だからこれはつづきの物語。

時はつづき、四月にあらたな風は吹くけれど、そこにはいまだ冬の名残りをとどめた、三月の風もまじりあっているのだ。

だから私がこれから書くのは、そんなつづきの物語。

1

まあ、ほんとにできるかどうかはともかく、政治家は理想を語るべきだしなあ、とプラハで、核兵器のない世界を、とアメリカの大統領が演説で呼びかけたことを伝える朝刊の二面の記事を読みながら徹《とおる》おじさんはそう言って、その傍らで郁子《いくこ》おばさんは、でもやっぱりすてきよねえ、前のひととちがって上品だし、とタイミングよくテレビ画面に映しだされる、プラハで演説をしているアメリカの大統領にうっとりとため息を洩らして、その傍らで紗耶子《さやこ》ちゃんは、このひとだったらなんとかしてくれそうっていう、そういう期待っていうか、予感っていうか、なんだかんだでそういうのが一番大事だったりするんだよね、まあそれが悪いほうに転んじゃうこともあるんだけど、とテレビ画面をちらちら見やりながら卵焼きに手を伸ばして、その傍らで香帆子《かほこ》ちゃんは、またまたわけ知り顔でわかったようなこと言っちゃって、ああやだやだ、と去年に発売された、携帯電話でもあり、香帆子ちゃんいわく、ちいさなパソコン、でもあるスマートフォンという機械の画面に人さし指の指さきをひょいひょいとすべらせながらそうつぶやいて、するとばさばさと音を立てて朝刊をめくる徹おじさんが今度は、しかしまあ、なんともタイミングが悪いというか、と一面の「北　ミサイル発射」という黒地に白抜きのでかでかとした見出しを読みあげながら苦笑いを浮かべて、するとあいかわらずスマートフォンの画面にひょいひょいと人さし指の指さきをすべらせる香帆子ちゃんが、新聞なんてもう誰も読まないのにねえ、とこちらもあいかわらずというか、もはやお決まりの台詞をつぶやいて、その傍らで麗衣《れい》子《こ》ちゃんは、仕事めんどくさいなあ、休んじゃおっかなあ、とこちらはお決まりになりつつある台詞を、湯のみから立ちのぼる湯気にため息を吐きかけるようにしてつぶやく。

　そんなふたりのつぶやきをかき消すように、徹おじさんがばさばさと新聞をめくる音がより大きく居間に響いて、すると今度は「新たな船出への誓い」というテロップがついた、大学の入学式と警察学校の入校式のニュースに眼をとめる郁子おばさんが、薫《かおる》ちゃんもきょうは船出の日だねえ、とにこにこと私を見つめて言う。

朝食を終えると、小学校を卒業した記念に、とひとり部屋としてあたえられた二階の奥の六畳間の、それまでは徹おじさんと郁子おばさんと一緒の部屋だった名残りとしていまも置かれている郁子おばさんと共同で使っているクローゼットの前にひとり立って、でもなかなかその扉を開けることができずに、でも登校時間は刻一刻と迫っているからいつまでもぐずぐずしているわけにもいかなくて、だから扉に両手をかけてひと思いにぐいと開ければ、クローゼットのなかのハンガーポールに吊るされている、パリッと音さえしそうな真っ白なシャツと、黒光りしそうな詰襟の学生服を摑んでとりだして、そしてひと思いに、というかひと息にシャツに袖をとおしてボタンをとめて、それからスラックスを穿いて、上衣も羽織るようにして袖をとおして、蛍光灯の下でピカピカと金光りするボタンをとめて、それからクローゼットの横に立て掛けられている全身鏡の前に立てば、そこに映っているのは真っ黒のぶかぶかな学生服に全身を包まれて、ぎこちなく顔と体を強張らせている見慣れぬ私、どころかもはや見知らぬひとなのだ。

お母さんに手をひかれ、はじめて校門をくぐった入学式、と体育館いっぱいに響きわたるようにして腹の底から声を張りあげたのは、三月も終わりに近づく小学校の卒業式の日のことで、そんな私の言葉を私たち卒業生の対面に座る保護者席の一番前の席で聞いていたのは母ではなく母の姉の郁子おばさんで、私が、お母さんに手をひかれ、はじめて校門をくぐった入学式、と声を張りあげたとたんにそれまでにこにことしていた郁子おばさんの顔色はわずかに翳りを帯びたことを私は見逃さなかったのだけれど、それでも卒業生の言葉が私から次の児童へ、そのまた次の児童へとバトンタッチされていくうちに、郁子おばさんは微笑みをとり戻して、そして私と眼があえばおおきくうなずいてみせて、そんな郁子おばさんを見ているうちに私は無事に卒業の日を迎えられたことがなんだか嬉しくて、誇らしくも思えてきたのだけれど、三月が過ぎて四月を迎えるいま、今度は中学校の校門をはじめてくぐるためのあらたな通学路を私と並んで歩いているのはやはり母ではなく郁子おばさんで、でもその顔色は晴れの入学式にはどこかそぐわない翳りをひそめているように私には感じられて、それは詰襟の学生服に身を包む私の心の翳りが私と並んで歩くうちに郁子おばさんにもうつってしまったからなのかもしれないと思うと、小学校の卒業式の日のような誇らしい気分にもまた、ちっともなれない。

ここがあらたな船出となる船室なのだろうか、と入学式を終えてさきに帰る郁子おばさんを見送ってから、体育館の前の横断歩道をわたって、三年生と二年生の教室があるという本館の隣の西館の階段を二階にあがってすぐ右手の、一年五組の教室に入って教室内をぐるりと見わたせば、見知った顔と見知らぬ顔がまじりあっていて、それは私とおなじく多岐小から桃が丘中に進学した子もいればそうでない子もいるから、ということなのだけれど、私とおなじように丈のあわない学生服に身を包んでは私とはちがって頰を上気させる彼ら、あるいは彼女らは、あらたな船出に希望を抱いて胸を躍らせている、とすくなくとも私の眼にはそう映って、だから私は川沿いの通学路で咲き誇っていた桜とおなじように、そんな彼ら、あるいは彼女らからも眼をそむけたくなるのだけれど、自己紹介はまたあしたにしよう、と担任の臼井先生がホームルームをはやめに切りあげれば、おのずと生まれるのはそんな彼ら、あるいは彼女らの輪で、久しぶり、とか、よろしくな、という言葉とともに教室内ははやくもにぎわいはじめて、でも私はどの輪にも入ることができずに、というかそもそもしないでさっさと帰り支度を済ませて教室を出ようと席を立ったところで、だしぬけに背後から、髪、ばっさり切ったなあ、という声が聞こえて、ふりかえれば多岐小では五年生と六年生の二年間をおなじクラスで過ごした山賀君と藤森君が、にやにやと薄笑いを浮かべながらこちらを見つめている。

もうスカート穿けなくなっちゃったし、残念だよなあ、となおもにやにやと薄笑いを浮かべながら山賀君はそう言って、すると山賀君の背後から見知らぬ顔がぬっとあらわれ出て、スカートがどうしたの？　と言う。

こいつさあ、小学校のとき男のくせにスカートばっか穿いてたんだよ、なあ、と山賀君が藤森君に眼配せをすれば、藤森君も、そうそう、でもこれからは制服だし、そういうわけにもいかなくてさあ、と口をそろえて、すると山賀君の背後からぬっとあらわれ出た見知らぬ顔の男子生徒も山賀君や藤森君とおなじようににやにやと薄笑いを浮かべて、へえ、そうなんだ、でもその恰好も似合ってると思うよ、と私のほうを無遠慮に指さして、すると薄笑いは次第に教室内のほかの生徒たちにも伝染しはじめて、するとみんなの視線も次第に私に集まりはじめて、額に汗の粒がにじみはじめる私はうつむいたまま立ちすくむことしかできないのだけれど、すると誰かが私の手をぎゅっと摑めば薄笑いの渦や無遠慮な視線の矢から引っこ抜くように私をぐいと引っ張って、そのまま教室の外まで連れだしてくれる。

私の手を引っ張って階段を駆け下りる音羽《おとは》ちゃんの髪は後ろでひとつに結ばれていて、ついこのあいだまではおそろいのツインのお団子ヘアにして、お団子を三角にして猫耳にしたり、あるいはお団子を低めの位置でつくって大人びてみたりと、一緒になって遊んでいたことを思いだしては懐かしさに胸は鈍い痛みに疼くのだけれど、それは音羽ちゃんがそうでないように、私もいまやツインのお団子ヘアではなくて、三月の最後の日曜日に麗衣子ちゃんに連れられていった美容室で、学生服にもあうようにと、ばっさりと切ったショートヘアだからだ。

小学生と中学生のあいだの宙ぶらりんな春休みを終えたいま、音羽ちゃんとはもうおそろいの髪型じゃない、という事実を音羽ちゃんを眼の前にしてあらためて突きつけられるとやはり胸はきゅっと縮みあがるような痛みを覚えて、さらにはその痛みをより強くするのは、音羽ちゃんも私ももうおそろいの黒のジャンパースカート姿ではなく、私は詰襟の学生服を、音羽ちゃんは紺のリボンのセーラー服を着ていることで、小学校の卒業式の日から二週間しか経っていないのに、小学生時代をすでに、あのころ、と呼びたくなるような、そんな隔たりがもうふたりのあいだにできてしまっている、と私は考えてしまうのだけれど、それはすこし大げさだろうか？

いまも山賀君と藤森君にからかわれていた私を助けてくれたのは音羽ちゃんなのだけれど、小学校の卒業式の日にも片桐君と竹本君にからかわれている私を助けてくれたのは音羽ちゃんで、そのとき音羽ちゃんは片桐君と竹本君のふたつの頭をごつんと握りこぶしで叩いて、そんなこと言っちゃあだめでしょ！　と教室じゅうに響きわたる甲高い声で叫んで、でもあれから二週間を経て真新しいセーラー服に身を包む音羽ちゃんは山賀君と藤森君の頭をごつんと握りこぶしで叩くことはしないで、無言で私の手を引いて私を教室から連れだして、そんな音羽ちゃんに変化の兆し、というよりすでにたしかな変化を私は感じとって、だからこんなところにもふたりのあいだの隔たりを感じてしまうのだけれど、それでも階段の踊り場で足をとめて、私の真正面に立って私の眼をしかと見据えて、あたしはいつでも薫ちゃんの味方だからね、と言う音羽ちゃんの言葉をうけとめる私は、変わることだってあるけれど、変わらないたしかなものもある、とたしかにそう思うのだ。

それから音羽ちゃんは、きょう、うちに遊びにおいでよ、と言う。

だから学校から帰って居間で郁子おばさんと一緒に焼きうどんを食べれば、去年の誕生日に音羽ちゃんがプレゼントしてくれた赤の格子柄のスカートを穿いて、落合学園高校前の千年坂を西に下って音羽ちゃんの家へとむかう。

小学生のころにもクラスのみんなが、お金持ち、と口をそろえていた音羽ちゃんの家は、このあたりに建ち並ぶおなじような箱型の一軒家と比べればたしかにそびえるようにおおきくて、広い庭には白のペンキで塗られたブランコだってあるし、薄紫のライラックや白やピンクのヒヤシンスの甘い香りが鼻腔をくすぐっては優雅な気分にさせてくれるし、とんがり屋根と煙突のある真っ白な外壁の三階建ての母屋も絵本のなかで見たお城みたいにかわいらしくて、明かり窓のついた赤色の玄関扉を抜けてすぐ右手にある客間に入れば、そこには足音を吸いこんでしまうほどにふかふかとした緑色の絨毯が敷かれていて、部屋の西側には暖炉があって、天井からは八角形が四重になったシャンデリアが吊るされていて、とそんな豪華な客間にいる私はどうしたって絵本のなかのお城のような家のなかにいる、という陳腐な感想しか抱くことができない。

そんな絵本のなかのお城のような音羽ちゃんの家の客間の、焦茶色の三人がけの革張りのソファに音羽ちゃんと並んで座っておしゃべりをしていると、やがて音羽ちゃんのお母さんがドアをノックして、そして手づくりのバナナブレッドのプディングを円卓の私と音羽ちゃんの前にそれぞれ置いてくれるのだけれど、すると音羽ちゃんが、これはママの青春の味なのよ、と表面の粉砂糖がお化粧みたいにまぶされているバナナブレッドのプディングをスプーンでつつきながらそう言って、するとくるくると細かなパーマのかかった明るい髪をハーフアップにして、両肩にフリルのついた水玉のブラウスの上に白のエプロンをつけている音羽ちゃんのお母さんはにこにこと顔をほころばせて、いまはもうすっかりおばさんになっちゃったけど、あたしにだって花咲く乙女の時代があったのよ、とすこしだけ頬を赤らめて、そんな音羽ちゃんのお母さんの青春の味だというバナナブレッドのプディングのひとかけらを口にふくめば、ふわりと立ちのぼるシナモンの香りが紗耶子ちゃんから借りた本のなかでしか知らない、ほの甘くてほろ苦い青春の日々に私を連れていってくれるようで、まだ見ぬほの甘くてほろ苦い花咲く乙女の季節を思い描いては、思わずうっとりとため息を洩らしてしまうのだ。

それから花沢《はなざわ》家では滅多に飲むことのないミルクティーを飲みながら、まだ見ぬはずの花咲く乙女の季節のほの甘くてほろ苦い余韻に浸っているところへ、客間の木の扉がぎいと音を立てて開いて、すると黒のタートルネックのセーターに白のスラックスを穿いて、艶々とした長髪を後ろでひとつに束ねた色白で華奢な長身の男のひとが入ってきて、私と音羽ちゃんが並んで座るソファの斜むかいのひとりがけのソファの肘掛けに白色のロング丈のコートを掛ければ、やあ、いらっしゃい、と私にむかって言うのだけれど、その美しい男のひとに見つめられてどぎまぎしてしまう私は言葉をかえすことができなくて、そんな私を見ながら音羽ちゃんはくすくすと笑って、お兄ちゃんだよ、と言う。

私と音羽ちゃんの正面に腰を下ろす時生《ときお》さんは、立ちのぼる湯気がゆらめく紅茶を口にふくめば、ふう、とひと息ついて、薫ちゃんのことはいつも聞いてるよ、音羽と仲よくしてくれてありがとう、と繊細なのだけれどしっとりと落ちついた声色でそう言って、すると音羽ちゃんが、あたしね、お兄ちゃんと薫ちゃんをもっとはやく会わせたかったのよ、と言っては三人がけのソファから立ちあがって、円卓をまわりこんで時生さんの横に立てば、お兄ちゃんもね、小学生のころはいつもスカートだったんだよ、と時生さんの白のスラックスの太もものあたりをつまんで言う。

僕はいまは長ズボンを穿くことが多いけど、でもそれは学生服の長ズボンとは意味がちがうからね、選んで穿くのと穿かされるのとじゃあ、全然意味がちがうからね、と時生さんは言う。

だから花沢家の中庭と塀を隔てて隣りあっている、加賀美《かがみ》のおじさんの家で絵を描いてもらうことになっているはずのいま、時生さんの運転する赤色のボルボという名前の車に乗っているのは、音羽ちゃんの言葉を借りるのなら、きょうはお兄ちゃんと薫ちゃんの大切な出会いの記念日だから、ということで、だから音羽ちゃんの家から加賀美のおじさんの家に電話をかけて謝れば、加賀美のおじさんは、気にしないでまたおいで、といつものように穏やかな口調で応えてくれて、だから赤色のボルボの後部座席に音羽ちゃんと並んで座っていると、妙谷駅北口交差点のあたりで助手席に乗りこんでくるのは、時生さんとおなじ大学に通っているという、風音《かざね》という名の女のひとで、後部座席をふりかえる風音さんは、はじめまして、よろしくね、と私と音羽ちゃんに微笑むと、赤色のボルボはゆっくりと音をたてて発車して、やがて海岸通りに差しかかれば、時生さんと風音さんは冗談を交わしあってはひかえめに笑いあって、音羽ちゃんは午後の陽を照りかえしてはきらきらと波打つ海に眼をしばたたいて、そしてカーステレオからはにぎやかな音楽がずっと流れつづけている。

やわらかな海風を体に受けとめながら遠くを見やれば、帆をたたんだおおきな遊覧船がまさに出航しようとしているところで、海の近くで暮らす私は海を眺めるたびに、ここではないどこかへ、とイメージを膨らませるのだけれど、そうする私はいつだって、ここ、にいて、ちくちくとくすぐったい芝生の上に寝そべっては見あげる空は薄青色にのっぺりとしていて、ところどころに浮かぶ白の絵の具を刷毛でさっと塗ったような雲が南へゆっくりと流れていく。

風音さんは時生さんの恋人なの？　と芝生の上でフリスビーをはじめる風音さんと音羽ちゃんを、宙を飛び交うフリスビーの軌道に沿って交互に眺めながら、私の隣で片肘をついて右の手のひらで頭を支えながら寝そべって、私とおなじようにフリスビーをしている風音さんと音羽ちゃんを微笑みながら眺めている時生さんに訊けば、時生さんは、うーん、と考えこんでしまうのだけれど、それでも微笑みは浮かべたまま、恋人っていえばそうだし、そうじゃないといえばそうだし、と曖昧なことを言うので私はかえす言葉が見つからなくて、だから、ふーん、とわざとらしいような相づちを打ってはそのまま黙っていることしかできないのだけれど、するとやがて時生さんは、まあどういう形であれお互いを必要としているのはたしかなことで、これまで彼女にも僕にもそれぞれちがう恋人がいたこともあるし、でもなんだろうねえ、なんだかんだでずっとつながってるし、これからもそうなんだろうなあっていう、なんていうかね、漠然とした予感もあって、でもそういうことをうまくというか、ちゃんと説明するのはけっこう難しいんだよね、とやはり曖昧なことを言うので、難しいどころか私にはまったく理解できなくて、でもそれは時生さんなりに慎重に言葉を選んで私に伝えようとしてくれている結果の曖昧さであるということもなんとなくだけれどわかって、中学生とはいえまだ子どもの私にもこんなふうにきちんとむきあってくれていることがなんだかうれしくて、音羽ちゃんと一緒にはしゃぎ声をあげてフリスビーをしている風音さんのほうを見やれば、長い黒髪と真っ赤なフレアスカートが芝生の緑の上で扇のようにひろがり、舞って、きれいなひとだなあ、とあらためて思う。

フリスビーを芝生の上に置いて、音羽ちゃんと風音さんは今度はシャボン玉を飛ばしはじめて、すると音羽ちゃんが、ふたりも一緒にやろうよ、と私たちにむかって声を張りあげるので、時生さんと一緒に立ちあがれば音羽ちゃんたちのもとにむかって、四人で輪になって飛ばすたくさんのシャボン玉はよく晴れた春の空に舞いあがって、薄青色のなかへと吸いこまれていく。

2

郁子おばさんのおつかいで薬局に買いものにいく途中、桃が丘橋を渡りきったさきにある篠崎写真館の前でふいと立ちどまるのは、ショーウインドウのなかの、七五三やら成人式やら結婚式やらの写真と一緒に飾られている、金縁の額に入れられた一枚の写真が眼にとまったからで、その写真のなかではにかんでいるのは、ぶかぶかの詰襟の学生服を着て、ぷっくらと丸い頬を桃色に染める、まだあどけなさをその顔つきにも体つきにも残した少年で、胸をいっぱいに張るその少年の顔には翳りも曇りも、それから疑いもいっさい浮かんではいなくて、たしかに学生服はぶかぶかなのだけれど、だからといって少年がおかしな恰好をしているかといえばそんなことはまるでなくて、なんというか、いまはぶかぶかでもいずれはその体にぴったりと馴染んで、学生服とともに成長してゆく少年の明るい未来さえそこに見るような、そんな気がするからなのだけれど、それに引きかえ、と曇り空の下でどんよりとした気分に沈む私はふいと、入学式を終えて授業もはじまった週の後半になってもなお、あらたな船出にそわそわと落ちつきなく頬を桃色に染めるクラスメイトたちの顔を思い浮かべるのだけれど、同時にあるひとりの少女の顔も思い浮かんで、するとと次第にその少女の輪郭だけがくっきりとしはじめる。

教室の窓際の一番前の席に座る少女は、入学式の次の日のホームルームで、自己紹介は苦手だから、とあらかじめ用意してきたという作文を、凛と背すじをまっすぐに伸ばして、朗らかな声色で読みあげる。

《私はこれまで「森の子ども」と呼ばれてきました。小学生のころは、学校のみんなはそうやって私をからかうこともありました。

たしかに私は「森の子ども」です。私には学校の外にも先生がいて、その先生も私のことを「森の子ども」と呼びます。でも、この場合は私をからかっているわけではありません。「森の子ども」は私だけではありません。私たちは隣の村でみんなで一緒に暮らしています。私たちはけっして変な子どもではありません。普通に学校に通って勉強をします。学校のみんなと私たちが少しちがうのは、私たちは部活をしたり、塾に通ったりしないということです。それからおこづかいをもらうことができないので、お金を使った遊びや買いものができません。でも、それくらいです。

たしかに私たちの生活は、みんなから見れば少し変に感じるかもしれません。でもみんなが想像するほど変ではないと思うし、先生は無理に説明しなくてもいいと言うけど、私たちのことを知ってもらって、そのうえでこれからみんなと仲良くしていきたいので、説明したいと思います。

私たちはみんなで隣の村のおおきな施設のなかで暮らしています。なぜ私たちが「森の子ども」なのかというと、私たちの暮らす施設の隣にある森を、私たちはとても大切な場所だと考えているからです。

私はお父さんとお母さんと一緒に、四年前に隣の村にやってきました。以前は、お父さんはサラリーマンをしていて、お母さんはスーパーでパートをしていました。今はお父さんとお母さんとは施設のなかの別の棟で暮らしていますが、会おうと思えばいつでも会えるので、さみしくなんかありません。それから「森の子ども」にとっては、「森の大人」たちがみんな自分のお父さんとお母さんです。「森の大人」にとっては、「森の子ども」たちがみんな自分の子どもです。それが私たちの先生の教えです。みんなが親でみんなが子どもなので、みんなに頼ることができるし、助けあうことができます。

私たちはテレビはほとんど見ないし、ゲームもしないというか、そもそも持っていません。でも私はどちらにもあまり興味がないので気になりません。本は学校の図書室でも、私たち「森の子ども」が暮らしている棟のなかにある図書室でも読めるので便利です。先生が私たちに聞かせてくれるお話に関連した本は、私が通っていた小学校の図書室にはありませんでした。だから小学六年生のころには私はもっぱら棟の図書室を利用するようになりました。私もだんだんと先生のお話がわかるようになってきたからです。中学校の図書室にはもしかすると読みたい本があるかもしれないので、さっそくいってみたいと思います。

それから「森の大人」は、施設のなかで農業をしたり、村の外に働きにいったり、それぞれに仕事をしていますが、みんなのお給料はひとつのお財布に集められて、みんなのものとして使われます。これはお金はみんなのものだという先生の教えによるものです。

たしかに学校のみんなと私たちとではちがう部分もあると思います。でも私たちが特別に変わったひとではないということをわかってもらえたら嬉しいです。》

みずからを「森の子ども」と呼ぶ少女がクラスのみんなの前で作文を読みあげてから一週間ほどが過ぎて、中学生活もいよいよ本格的に動きはじめる週のはじめの月曜日、お昼休みも終わった五限目に私たち一年生は西館の前の誠友館という名前の、普段は体育や部活の時間に使われているという三階建ての建物の二階の剣道場に集められて、はじめのほうこそ硬くて冷たい床の上で体育座りをしたまましっとしているのだけれど、次第に生徒たちがひそひそと隣同士や前後でおしゃべりをはじめて、でも一年生だけでも二百人ちかくもいるからひそひそとしたおしゃべりはやがてがやがやとやかましくなるのは当然のことで、すると生徒たちの前に立つ生徒指導の鷹野先生は、ぱん、ぱん、と手を叩いて、ほら、静かにする、と声を張りあげれば、その声はドスがきいているというか、こちらも思わずひるんでしまうほどに剣道場のなかで大きく響いて、だからいったんは生徒たちは押し黙っては場内はしんと静まりかえるのだけれど、すぐにまた誰かがひそひそとおしゃべりをはじめれば次第にまたがやがやとやかましくなって、するとそのたびに鷹野先生が、ぱん、ぱん、と手を叩いて、ほら、静かにする、と声を張りあげて、そんな押し問答のようなことを何度か繰りかえしているうちに体育座りをしている一年生の生徒たちの前にずらりと一列に並ぶのは、顔つきにも体つきにもまだあどけなさを残している私たちと比べればずいぶんと大人びて見えるというか、すでに大人そのものに見える三年生の先輩たちで、そんな彼らはサッカーやら野球やらバスケットボールやらテニスやらのユニフォーム姿だったり、あるいはそのまま制服姿だったりするのだけれど、やがて鷹野先生が、きょうは先輩たちが部活の紹介をしてくれるから、よく聞いて、自分がどの部に入りたいかよく考えるように、三年間つづけることだからな、いい加減な気持ちで聞くんじゃないぞ、と言うと、一年生の生徒たちは、はい、と緊張気味に声をそろえて、すると鷹野先生と三年生の先輩たちはいったん脇に退いて、私たち一年生の前にただひとり残るのは、オレンジ色のユニフォームを着て、黒ずんだサッカーボールを小脇に抱えるサッカー部の部長の菅原という名前の先輩で、こんにちは、と菅原先輩が一年生のみんなにむかってはつらつとした声で呼びかければ、こんにちは、と一年生のみんなはひかえめに返事をして、すると菅原先輩は小脇に抱えていたサッカーボールを使って突然リフティングをはじめて、そのまま二十回ほどボールを床に落とさずに太ももや足の甲でリフティングをしたあとでサッカーボールをまた小脇に抱えて、おれたちと一緒に芝のフィールドをめざそうぜ、待ってるからな、と得意げに親指を立てるのだけれど、そんな菅原先輩のアクションにリアクションをするのは男子生徒ではなく女子生徒で、場内のそこかしこから、きゃあ、という甲高い歓声がわきおこれば、鷹野先生は、ほらほら、まじめに聞くように、と口をはさむのだけれど、その顔つきは険しくもなければ、やれやれ、といった具合に苦笑いさえ浮かべていて、すると私も苦笑いとともに口もとをゆるめてしまうのだけれど、ほどよく緊張もほぐれたせいか、とくに理由もないままふいとふりかえる私の視線がとらえるのは、固く唇を結んだまま無表情で菅原先輩を見あげている、みずからを「森の子ども」と呼んだあの少女で、そんな彼女の無表情はなぜだかちくりと私の胸を突き刺すようで、だから私はすぐさま前にむきなおるのだけど、するとちょうど菅原先輩が手を振りながら引きあげていくところで、そんな菅原先輩への女子生徒たちの歓声はさらに高まるばかりで、すると今度は、音羽ちゃんもみんなと一緒になって、きゃあ、と歓声をあげているのだろうか？　とそんなことがふいと気になるのだけれど、ふたたびふりかえることがためらわれて、だから前をむいたままでいるのだ。

そのあともいろいろなユニフォーム姿の先輩たちが次々と一年生の生徒たちの前に登場しては、パフォーマンスというか小技というか小ネタというか、とにかくそういうことをおもしろおかしく披露して、すると一年生のみんなもおおきな笑い声やら拍手やらで応えて、そんなきらきらと輝く彼らの眼に宿るのは、やはりあらたな船出への期待で、すると私はとたんに居心地の悪さを覚えてしまうのだけれど、するとふいと思いだすのはみずからを「森の子ども」と呼ぶ少女が一週間ほど前に、教室の窓際の一番前の席からクラスメイトたちにまっすぐに伸ばした背をむけて、朗らかな声色で高らかに宣言するように作文を読みあげたあのときのことで、あのとき彼女は、「森の子ども」である自分は部活をしない、かあるいは、できない、とたしかそう言ったはずで、そうであるならいまのこの時間は彼女にとってはまったくの無意味な時間ということになって、だから彼女はいま、私とおなじように居心地悪くしているのだろうか？　と思えば勝手に親近感のようなものを抱きはじめて、だから私はむしょうにふりかえって彼女の顔を見たくなるのだけれど、彼女の無表情が私の胸をちくりと突き刺したいましがたのことを思いかえせばやはりひるんでしまう私はそのまま前をむいたままでいると、やがて私たちの前にあらわれるのは前髪を眉の上で切りそろえて、まっすぐな黒髪を腰もとまで伸ばしたセーラー服姿の先輩で、彼女は気恥ずかしそうにもぞもぞと体をゆすりながらもごもごと、絵が好きなひとなら楽しいと思います、と言って、小柄な私は列の一番前に座っているから先輩の声がはっきりと聞こえるのだけれど、先輩のもごもごとした声は後ろのほうには届かないのか、歓声やら笑い声やら拍手やらでずいぶんとやかましかった場内はとたんにしんと静まりかえって、すると私たちの前に立つセーラー服姿の先輩はさらに気恥ずかしそうにもぞもぞと体をゆすってはなにかを言おうとするのだけれど、突然の静けさに気圧《けお》されてしまったのか、ええと、と言ったきりそのあとの言葉がつづかなくて、すると次第にそこかしこからくすくすと笑い声が洩れはじめて、すると先輩は顔を真っ赤に染めながら、はじめは友達同士でポートレイトっていうか、似顔絵を描いてもらいます、とだけ早口に言うと逃げるようにそそくさと立ち去って、それでも一年生のくすくす笑いはなおもおさまらないのだけれど、私は小走りに長い髪をゆらしながら去っていく先輩の後ろ姿を見送ったあとにつとめてさりげなく後ろをふりかえって、みずからを「森の子ども」と呼ぶ少女の顔をちらと見やれば、彼女はやはり無表情のまま、唇をきゅっと固く結んでいる。

先輩たちの部活紹介もひととおり済めばタイミングよくチャイムが鳴って、だから鷹野先生の簡単な締めの言葉で私たちは解散するのだけれど、剣道場を出て誠友館から渡り廊下を渡って西館のそれぞれの教室に戻っていくその道中でも、一年生のみんなはわいわいがやがやと、なに部にする？　と相談しあっていて、それは次の六限が終わったあとも、それから帰りのホームルームが終わったあともつづいて、だから教室内の空気は誠友館での熱気の余韻にいまだ包まれてはクラスのみんなもいまだ昂揚感に包まれているのだけれど、耳に届く声のなかには音羽ちゃんの声もまじっていて、わいわいと声を弾ませる音羽ちゃんの後ろ姿を見やる私が音羽ちゃんのことをすこしだけ遠くに感じてしまうのは、セーラー服を着ている音羽ちゃんが中学校のなかでもっぱら一緒にいるのはおなじセーラー服姿の女子生徒たちで、でもそれはなにも音羽ちゃんにかぎったことではなくて、セーラー服姿の女子生徒と詰襟の学生服姿の男子生徒のあいだには小学生のころとはまたちがった、なんというか、妙にぎすぎすというか、そわそわというか、とにかくそんな微妙な距離感がすでに生まれていて、だから私と音羽ちゃんとのあいだにも小学生のころにはなかったはずの距離感がすくなくとも中学校の校舎のなかでは、なんとなくだけれど生まれはじめていることをこの一週間のあいだに感じることがしばしばあったのだけれど、そんなことをぼんやりと考えながら音羽ちゃんの後ろ姿をはからずもじいっと見つめてしまっていたためか、音羽ちゃんはふいにふりかえっては女子生徒たちの輪から離れてこちらにむかってやってきて、薫ちゃんも一緒にテニス部に入ろうよ、と言うのだけれど、誠友館での説明にもあったのだけれど、テニス部は男子と女子にわかれていて、だから一緒に入ったところで活動は別々になるはずだと音羽ちゃんに伝えれば、あ、そっか、と音羽ちゃんは調子はずれな声をあげてはからからと笑って、その笑顔は小学生のときからなんら変わることのない見慣れた音羽ちゃんの笑顔で、だから私はつい嬉しくなって、小学生のときのように一緒になってからからと笑うのだ。

花沢家の二階の奥の六畳間で学生服を脱ぎ捨てて、首もとにリボンのついた白のスタンドカラーのブラウスを着て、それからお気に入りのギンガムチェックのフレアスカートを穿くのだけれど、思いなおして楽ちんな紺のパンツに穿きかえれば一階に下りて、中庭の塀を乗り越え加賀美のおじさんの家にいく。

ふかふかでも硬くもない、檸檬色の革張りのロールアームのシングルソファに座って、床から浮いた両脚をぶらぶらとさせながらキャンバスにむかって筆を走らせる加賀美のおじさんをぼんやり眺めていると、膝の上にずしんと重みがのしかかって、眼を落とせば膝の上にはメロディがいて、まん丸でビー玉みたいな金銅色のふたつの眼玉でこちらを見あげるメロディは、みゃー、と口をおおきく開けて鳴く。

メロディの長くてふわふわとした白い毛を撫でていると天日干ししたあとの蒲団のようなにおいが鼻腔をくすぐって、不思議と体から力がすーっと抜けていくのでいつもうとうととしてしまって、すると加賀美のおじさんが立てる、ザッ、ザッ、という筆の音がなんだか次第にお守りのような心強さで私を包んで、いつのまにやら私はメロディと一緒に寝息を立てているのだ。

眼をこすっておおきく伸びをして、アトリエ内を見わたしても加賀美のおじさんと、それからメロディの姿はどこにもないのだけれど、開け放たれたふすまのむこうの、居間のむこうの庭に面した縁側で加賀美のおじさんはひとり座ってあぐらをかいて、猫背でなで肩のその背なかのむこうからは、春の陽光を浴びて輝くような薄紫色の煙がゆらゆらと立ちのぼる。

檸檬色の革張りのロールアームのシングルソファから跳ねあがるようにして床に降りて隣の居間にいけば、縁側から加賀美のおじさんはふりかえって、煙草の灰を、とん、とん、と灰皿に落としてからガラス戸を開けて、起きたんだね、といつものように穏やかな微笑みを浮かべて訊いてくるので、私は、うん、と声にだしてうなずいて、するとメロディを抱いた圭子《けいこ》さんが廊下からふすまを開けて居間に入ってきて、あら、薫ちゃん、起きたの、と加賀美のおじさんとおなじことを訊いてくるので、圭子さんにも、うん、と声にだしてうなずけば、圭子さんは、あんな窮屈なソファじゃあ、かえって疲れちゃうでしょう、と首を伸ばしてアトリエのなかのシングルソファのほうを見やって言って、でもこのひとったらねえ、薫ちゃんにはあのソファに座ってもらったほうがうまく描けるだなんて、いっちょまえにそんなこと言うのよ、と言って笑えば、煙草を吸い終え敷居を跨いで居間に戻ってくる加賀美のおじさんもまた、もうこんなよぼよぼのじいさんになっちゃったし、どうやらおれは死ぬまでいっちょまえにはなれないみたいだなあ、と言って笑う。

おじさんはどうしてひとの顔ばっかり描くの？　と圭子さんがまたメロディを抱いて居間を出ていったあとに、圭子さんがつくってくれたすこし濃いめのカルピスを飲みながら、居間の隣のアトリエのなかに所狭しと置かれている鉛筆画や、あるいは私の肖像画も含めた油絵に眼をむけながら訊けば、加賀美のおじさんは、うーん、どうしてだろうねえ、とその理由はもうずっと遠い昔にどこかに置いてきてしまったとでもいうような返事をして、だから私もなんとなくそのまま口をつぐんでしまうのだけれど、そんな質問を加賀美のおじさんにしたのは、やはりきょうの五限目の、誠友館での美術部の先輩の発表が心に引っかかっていたからなのだと思う。

先輩はもぞもぞと体をゆすりながらもごもごと、絵が好きなひとなら楽しいと思います、と言って、私も絵は好きなのだけれどその好きは観ることにたいしてで、描くことについては小学生のころに図工の時間だったり、あるいは暇つぶし程度にあまりものの紙や教科書の隅に描いたりしたくらいで、だから加賀美のおじさんのように真剣に描いてみたいと思ったことはまるでなくて、だから美術部の先輩の言葉にもあまりぴんとこなかったのだけれど、でもそのあとに先輩が言った、はじめは友達同士でポートレイトっていうか、似顔絵を描いてもらいます、という言葉には引っかかるものがあって、それはそのあとにも先輩たちがそれぞれの部の紹介をしているあいだじゅう、私は私の後ろでおそらく無表情のままに唇をきゅっと固く結んでいたはずの、みずからを「森の子ども」と呼ぶ少女のポートレイト、あるいは似顔絵ならば描いてみたいと思っていたからで、それは、絵を描きたい、というよりもむしろ、彼女を描きたい、という気持ちであって、それはあのとき私が彼女にたいして勝手に親近感のようなものを抱いたからなのだろうか？　と自分で自分に問いかけてみても、正直なところよくわからない。

それから加賀美のおじさんにまた訊くのは、ひとの顔を描くときって、どういう気持ちで描いてるの？　というなんだか漠然としたことで、すると加賀美のおじさんもまた、うーん、とさきほどとおなじように唸ってしまうのだけれど、やがて口ごもりながらも、たとえば薫ちゃんを描くときには薫ちゃんの顔だちというか、眼の形だったり口や鼻の形だったり、そういった表面的な部分はもちろんなんだけど、それよりも薫ちゃんの内側にあって薫ちゃんがたぶん無意識のうちに発してるもの、それは僕に言わせれば、まだ損なわれていない美しさ、ということになるんだけど、そういったものを一枚の絵のなかで表現したいと思うし、さらにもう一歩進んで、誰もが無条件に備えているはずの美しさ、それは年齢だったり経験だったりに損なわれることのない、ひとがひとであることの絶対的な美しさというか、そういうものを僕は描きたいとずっと考えてきたし、そういうものがあるはずだと信じたいんだよね、といつもは穏やかでもの静かな加賀美のおじさんがだんだんとその声色に力をこめるので、思わずたじろいでしまう私はまた口をつぐんでしまうのだけれど、そんな私にむかって加賀美のおじさんは、ごめん、なんだか自分でも話してるうちによくわからなくなってきたし、うまく伝えられなかった、というか全然わからなかったよね？　と苦笑いを浮かべるのだけれど、私が首をぶんぶんと左右に振るのは、加賀美のおじさんの話がよくわかった、ということではなくて、むしろ加賀美のおじさんの言うとおりに全然わからなかったのだけれど、それでも加賀美のおじさんの思いのようなものはよくわかった、というか、よく伝わったような気がするからだ。

入り口の自動扉を抜けるとすぐ右手にはおおきな水槽があって、そのなかではおおきな亀が一匹、悠々と泳いでいて、それはスッポンモドキのゆーちゃんという名前の亀だと番台に座る主人が教えてくれたのは、いつのことだっただろうか？

私たちの暮らす街には銭湯はなくて、だからわざわざ隣町の夢乃湯まで花沢家のみんなで月に一度か二度足を運ぶのだけれど、それは私が花沢家にやってくる前からの習慣のようで、花沢家にもそんなに広くはないのだけれど、でも湯船はちゃんとあって、だからどうしてみんなしてわざわざ夢乃湯まで通う習慣になっているのかは私にはいまだにわからないというか、そもそも訊いてみたことさえないのだけれど、とにかくいましがた夢乃湯の入り口の自動扉を抜けたのは郁子おばさんと麗衣子ちゃんと香帆子ちゃんと紗耶子ちゃんと、それから私の五人で、徹おじさんは居間のテレビの前に陣どっては、あぐらをかいて頬杖をつきながら、なおつづく北朝鮮のミサイル発射のニュースにぶつぶつこぼしながらいっこうに立ちあがる気配をみせないので、郁子おばさんはあきれるようにため息を洩らしながら、それじゃあ、お風呂は自分で沸かしてくださいね、と言い残して、それから私たちは家を出たのだ。

あら、きょうはレディースデイなのねえ、と色めきたつ郁子おばさんは、入浴券と一緒にサウナ券も購入するのだけれど、砂時計の砂が落ちきるより前にくらくらとゆれる頭を抱えこむようにして、体もゆらゆらとゆらしながら早々に脱衣場に引きあげて、と湯あがりの私に教えてくれたのは湯あがりの三人の娘たちで、だから五十キログラムの備長炭が沈む主浴槽に横並びに浸かるのは麗衣子ちゃんと香帆子ちゃんと紗耶子ちゃんの三人だけで、ピンクと白の碁盤縞のタイルから突き出ているカランから勢いよく流れ出るお湯の音や、ケロリンの桶でお湯を体に叩きつけるザバンという音とまじりあって、彼女たちの声は立ちこめる靄のような湯気のあいだをすり抜けるようにして、高い壁で仕切られた男湯にも届く。

《僕はあなたをおもふたびに／一ばんぢかに永遠を感じる／僕があり　あなたがある／自分はこれに尽きてゐる》と、もっとおしとやかな声だったらいいのに、と常々嘆いている紗耶子ちゃんの歌うような声は広くて明るい浴室内ではさらに甲高く響いて、なにそれ？と、男のひとみたいに声が低い、と常々嘆いている麗衣子ちゃんの声は広くて明るい浴室内ではさらに低くくぐもって、『智恵子抄』だよ、高村光太郎の、と答える紗耶子ちゃんは、《僕のいのちと　あなたのいのちとが／よれ合ひ　もつれ合ひ　とけ合ひ／渾沌《こんとん》としたはじめにかへる／すべての差別見は僕等の間に価値を失ふ／僕等にとつては凡《すべ》てが絶対だ》と朗唱をつづける。

だからさあ、なんでいきなり『智恵子抄』なのよ？

ラブレターもらっちゃったの。

ええっ？　誰から？

おなじクラスの高橋君っていう男の子でね、部活も文芸部でおんなじなんだけど、このあいだ部活終わりにいきなり渡されちゃって、それで高橋君、そのまま走って帰っちゃった、っていうか逃げちゃったんだよね。

シャイなんだねえ、かわいいねえ。

シャイっていうか、意気地がないだけなんじゃない？　それにこの時代にラブレターなんてねえ、いかにも文芸部の男の子っていうか、と口をはさむのは香帆子ちゃんで、そんな香帆子ちゃんの言葉を聞き流す麗衣子ちゃんは、で？　それと『智恵子抄』になんの関係があるのよ？　と紗耶子ちゃんに訊く。

ラブレターのなかで引用されてるのよ、『智恵子抄』のなかの「僕等」っていう詩なんだけどね。

へえ、ロマンチックじゃない。

でも、《あなたのせつぷんは僕にうるほひを与へ／あなたの抱擁は僕に極甚《ごくじん》の滋味を与へる》なんて書かれても困っちゃうし、それにほかのところは《生れて、すみません。》式全開っていうか、なんかあたしのことが好きっていうより、恋する自分に酔ってるだけっていうか。

これだから文学少年も文学少女もいやんなっちゃうんだよねえ、と横槍を入れるのはやはり香帆子ちゃんで、そんな香帆子ちゃんの言葉をやはり麗衣子ちゃんは聞き流して、でも恋なんてそんなもんよ、相手のことももちろん好きなんだけど、そのひとを好きな自分も好きなの、そういうもんなのよ、とやけにしみじみと言う。

やだなあ、麗衣ちゃん、おばさんくさいよ。

そりゃああんたたちに比べたら、もう立派なおばさんですからねえ。

《僕が活力にみちてる様に／あなたは若若しさにかがやいてゐる》

それで？　返事はしたの？

無視するのもなんだか悪いからね、いちおう書いたんだけど、まだ渡してないの。

どうして？

だって高橋君、あれから部活にこないし、クラスだってちがうから顔あわせないし。

恥ずかしいんだねえ、やっぱりかわいいよねえ。

だったら最初から、ラブレターなんて渡さなきゃいいのに。

それで？　返事にはなんて書いたの？

むこうが高村光太郎なら、こっちはランボー。

詩と詩の語りあいねえ、やっぱり文学少年と文学少女って不健全よねえ、なんかいやらしいよねえ。

もう香帆ちゃんったら、紗耶ちゃんには紗耶ちゃんのやりかたがあるんだから。

《もう一度探し出したぞ。／何を？　永遠を。／それは、太陽と番《つが》った／海だ。》

あ、それ知ってる、『気狂いピエロ』のラストだよね、でもたしか、《見つけた／何を？
永遠を／それは海／そして太陽》じゃなかった？

あたしのは堀口大學訳だからね。

あー、はいはい。

《人間的な願望《ねがい》から／人並みのあこがれから、／魂よ、つまりお前は脱却し、／そして自由に飛ぶという……。》

ちょっとちょっと、それってなんだかすごおく残酷なお返事のような気がするんだけど。

ふふふ。

ロビーの奥の長椅子に座って、お金はあとでいいからね、と主人にかわって番台に座る主人の奥さんの真由美さんが渡してくれたいちご牛乳を飲んでいると、女湯の暖簾をくぐって麗衣子ちゃんと香帆子ちゃんと紗耶子ちゃんが一緒に出てきて、三人の娘たちは長湯に上気した桃色の肌と乾ききっていない長い髪から立ちのぼる花咲く乙女のほの甘い香りをあたりに振り撒きながらガラステーブルを囲む長椅子にそれぞれ腰を下ろして、麗衣子ちゃんと紗耶子ちゃんがフルーツ牛乳を飲む傍らで、香帆子ちゃんは、やっぱりお風呂あがりにはコーヒー牛乳よねえ、と言っては背後に置かれたマッサージチェアに身を横たえながら、湯あがりのほの甘い香りを振り撒く三人の娘たちのほうへちらちらと落ちつかない視線を送る白いタンクトップ姿の腹の突き出た禿頭の中年男性にむかってわざとらしくウィンクを投げかけるのだけれど、そんな香帆子ちゃんの太もものあたりをぱちんと麗衣子ちゃんが叩けば、香帆子ちゃんはまたもやわざとらしく舌をぺろりと突きだして、ロビーのさらに奥の衝立で仕切られた畳敷きの休憩所からはすっかり熟睡している郁子おばさんのかすかないびきが聞こえてきて、三人の娘たちは顔を見あわせ、くすくすと笑いあう。

3

放課後、五組と六組の男子は五組に、女子は六組に移動して、二回目の部活の体験入部のための着替えをするのだけれど、運動部への入部を希望するわけでもない私は体操着に着替えることもしなければ、そもそも部活に入るつもりもないのだから、のんびりと教科書やノートを通学かばんにつめて帰宅の準備をしていると、やがて教室内は五組と六組の男子生徒たちが入り乱れてわいわいがやがやとしはじめて、そんな彼らを尻眼に詰襟の学生服姿のまま私は教室をあとにして、一階玄関の下駄箱でローファーに履きかえれば、ぶらぶらと校庭の隅の、あまり陽のあたらない花壇のほうへとむかうのだけれど、それはきのう、一回目の体験入部にやはり参加しなかった私はわいわいがやがやと着替えをしている男子生徒たちを尻眼に教室を出て、そのまままっすぐ帰ろうとしたのだけれど、体験入部をすっぽかすというか、参加しないことにうしろめたさを感じるわけではないのだけれど、それでもなんとなく手持ちぶさたな気分というか、まっすぐ家に帰る気分にもなれなくて、だからなんとなく校庭をぶらぶら歩いていると、やがて、みゃー、と猫の鳴き声が遠くで聞こえたような気がして、だからそのまま声の主を探し求めるようにしてぶらぶらと歩きつづけていると、やがて校庭の隅の、あまり陽のあたらない花壇の奥のほうから、みゃー、と猫の鳴き声がはっきりと聞こえて、だから花壇の前で屈みこんでその奥に眼をこらせば、もぞもぞと動くちいさな影がふたつ見えて、たしかに生徒もあまり近づかないであろう場所とはいえ、こんなところに猫がいることを不思議に思いながらもさらに眼をこらせば、四つの丸い眼が暗がりのなかできらりと光って、だからちょいちょいと手を差しだすのだけれど、二匹の猫は花壇の奥から出てきてはくれなくて、だからそのときは撫でることもできないまま家に帰ったのだけれど、きょうも体験入部をすっぽかして、というか参加しないで校庭の隅のほうへとむかう私の足がやけに軽やかなのは、通学かばんのなかにこっそり猫缶を忍びこませているからで、それは加賀美のおじさんの家で圭子さんにもらってきた、ほんとうはメロディのための缶詰なのだけれど、とにかくはやる気分に急ぎ足になって、するとやがて花壇が見えて、すると同時に眼に入るのは、きのうは花壇の奥に隠れていたはずの二匹の猫と、それから屈みこんで二匹の猫の頭を撫でている少女の後ろ姿なのだ。

猫、好きなの？　と少女の背後に立って声をかければ、少女は耳の下でふたつに結んだ長い髪をすこしだけゆらしながらゆっくりと、というか悠然とふりかえって、わずかな動揺の色もみせずにしかと私を見あげて、私は彼女の背後に立つ前からすでに彼女がみずからを「森の子ども」と呼ぶ、あの少女であることに気づいていたのだけれど、彼女はなにも言わずに、そのどこまでも曇りのない瞳でじっと私を見あげるばかりで、だから声をかける前からすでにどきどきとしていた私の胸は彼女に見つめられるいま、鼓動の音さえ聞こえてきそうなほどに激しく脈打つのだけれど、それでも額に汗をにじませながらしどろもどろになっては、猫、かわいいよね、となんとかそう口にすれば、きのうは花壇の奥でうずくまっていたからわからなかったのだけれど、青空の下であらためて見れば左眼が黄色で右眼が青色の白猫と、おでこから眉間にかけて黒の一本線の入っている白猫の、それぞれの頭を撫でながら少女は私から眼をそらすことなく、うん、かわいいよね、と言う。

猫、好きなの？　と私がもう一度訊けば、少女は、うん、好きだよ、と答える。

あたしも猫、好きだよ。

そうなんだ。

お隣さんがね、飼ってるの。

そうなんだ。

メロディっていう名前なんだよ。

そうなんだ。

私がなにを言っても少女は抑揚のない小声で、そうなんだ、としか答えてくれないのだけれど、だからといって彼女がつまらなそうにしているわけでも、不機嫌そうなわけでもなくて、あいかわらずこちらを見あげて二匹の猫の頭を撫でながら、能面のようなその無表情はすこしだけやわらぎはじめている。

あたし、薫っていうの、みんなからは薫ちゃんって呼ばれてる。

そうなんだ、あたし夕乃《ゆうの》。

そうなんだ。

うん。

夕乃ちゃんって呼んでいい？

いいよ。

よろしくね、夕乃ちゃん。

うん、よろしくね、薫ちゃん。


中学生にもなったし、そろそろ塾、通わない？　とさばの味噌煮を盛りつけたお皿をお盆にのせて隣の台所から運んでくる郁子おばさんはつとめてさりげない口調でそう訊いてきて、それはもう二年前、というのは私がこの家にやってきたころから郁子おばさんが私に訊きつづけていることなのだけれど、月謝を払ってもらうのもなんだか悪いし、なにより私自身がまったく気のりしないということもあって、だからその都度断りつづけて、それでも郁子おばさんは遠まわしというか、遠慮がちにではあるのだけれどこの話題を持ちだしつづけて、だから私もやんわりと断りつづけて、それでもきょうは、学校でちゃんと授業も受けるし、予習も復習もしっかりやるし、それにこれから部活も忙しくなりそうだし、だから塾に通わなくたって大丈夫、とわりかしきっぱりと断ってみせるのは、中学入学を機に、というのはきっと子どもを塾に通わせるには絶好のタイミングだろうと思うからで、だからこそこちらもきっぱりと断らなければならないと感じたからなのだけれど、すると香帆子ちゃんが、なに部に入るの？　といつものようにスマートフォンの画面から眼を離すことなく訊いてくるので、私はとっさに、美術部、と答えてしまう。

へえ、なんでまた？　とつづけざまに訊いてくる香帆子ちゃんに、なんでだろう、と口ごもってしまうのは、結局のところたいした考えもなくただ口をついて出た言葉が、美術部、だったというだけのことで、すると香帆子ちゃんは、ちょっと、そんなんで三年間もつづくの？　と苦笑いを浮かべて、だから私は、加賀美のおじさんの影響を受けて、とか、絵を観るのはずっと好きだったし、などともっともらしい理由をやはり口ごもりながらも並べたてて、すると残りのさばの味噌煮を台所から運んでくる郁子おばさんが、でも学校の授業だけだと、まわりと差がついちゃわないかしらねえ、となおも塾の話題を遠慮がちにつづけて、これまでは私がやんわりと断れば曖昧なままこの話題は終わっていたのだけれど、きょうにかぎってはタイミングがタイミングなだけに郁子おばさんも簡単に引き下がるつもりがないことを察知する私は、大丈夫だよ、塾にいかなくたって成績いい子はいるんだし、ともう一度きっぱりとそう断れば、それはそうなんだろうけど、でもいくにこしたことはないからねえ、と居間の座卓の上にさばの味噌煮を盛りつけたお皿を並べながら、なおも郁子おばさんはそうつぶやいて、正直なところ私はそろそろうんざりしはじめてしまうのだけれど、すると郁子おばさんにつづいて台所からあさりのうしお汁を運んでくる紗耶子ちゃんが、それならあたしが勉強教えてあげよっか、薫ちゃんだってそのほうが安心でしょ、と言う。

あんた小説ばっか読んで、勉強なんてまるでしてないじゃない、とからかうように言う香帆子ちゃんに、あたし勉強してるよ、成績だっていいほうだし、と紗耶子ちゃんはめずらしくむきになって言いかえして、すると香帆子ちゃんも、嘘ばっかり、あんたが勉強してるとこなんか見たことないし、と言いかえす。

嘘じゃないよ、今度模試も受けるし、そしたら香帆ちゃんにもわかるから。

そりゃあ楽しみねえ。

うん、楽しみにしてて。

だったらもちろん浪人なんてしないわよね？

しないし、あたしは香帆ちゃんとちがって国立にいくから。

あらそう、それはそれは親孝行なことで、お母さんも泣いちゃうわねえ。

そうよ、うちには娘をじゃんじゃん私立にいかせるだけの余裕なんてないんだから。

あっそ、じゃあ現役で国立よ、絶対だからね。

うん、約束する。

とふたりは一歩も引き下がらずに言いあって、すると、ちょっと紗耶、まだ台所にお豆腐あるわよ、と郁子おばさんがいつものようにふたりのあいだに割って入って、するとみんなが束の間口をつぐんで、するとテレビから流れてくるのは六甲おろしの合唱で、するとそれまでのちょっとしたごたごたにはまったくわれ関せずといった具合にテレビのほうに体をむけたままナイターを見つづけていた徹おじさんが、テレビのなかの阪神ファンと一緒に六甲おろしを口ずさみはじめて、そんないつもどおりの徹おじさんの背なかを見つめているうちになんだか私もくつろいだ気分をだんだんとり戻すのだけれど、それでも料理を運び終えて居間の畳の上に膝をつく郁子おばさんはなおも、塾のこと、真剣に考えといてね、と念を押すように私の眼をじいっとのぞきこむようにして言って、だから私は、わかった、考えとく、と返事だけは譲歩してみせれば、やっとのことでこの話題は打ち切られて、するとたんにおなかが、ぐう、と音を鳴らすので、苦笑いを浮かべる郁子おばさんはまっさきに私の茶碗にご飯をよそってくれて、それでもみんなのご飯がみんなの前に並ぶのを待ってから、いただきます、と私は言って、それからさばの味噌煮めがけて勢いよく箸を伸ばす。

まあ入るにこしたことはないんだけど、無理にというわけではないからなあ、とやけに間延びした声で担任の臼井先生が言うのは塾ではなく部活についてで、だから臼井先生にそう言われて胸のつかえが下りるというか、気分もなんだかやけに軽くなるのだけれど、ところがその日の放課後に生徒指導の鷹野先生に呼びだされて職員室にむかえば、職員室の隅の、パーテーションのむこうのソファにはすでに夕乃ちゃんがひとりぽつんと座っていて、遅れてやってきた私にむかってすこしだけ微笑んでみせる。

部活ってのはな、中学生活のなかでもとりわけ意義のある活動で、みんなと協力して取り組む大切さとか、先輩や後輩との人間関係とか、そういったいろんな経験がこれからの学生生活だけじゃなくて、社会に出てからもかならず役に立つものなんだよ、もちろん無理にがんばれって言ってるわけではなくて、がんばれるところまででいいからまずはがんばってみてほしいんだ、と担任の臼井先生とは正反対の、鷹野先生の熱弁にひるむ私はすがるような視線を隣に座る夕乃ちゃんに送るのだけれど、いま隣に座っているのは入学式からまだそれほど日を経ていないにもかかわらず、はやくもクラスメイトの何人かから、変な子ども、とはっきりと聞こえる声で陰口をたたかれはじめて、それでも教室の窓際の一番前の席で凜と背すじをまっすぐに伸ばして、そんな陰口を凜と聞き流しているいつもの平然、というか超然とした少女ではなく、おどおどと困ったような顔色を浮かべる少女で、そんな夕乃ちゃんは鷹野先生におずおずと、あの、あたし、部活できないんです、と言えば、鷹野先生は、ああ、そのことなら臼井先生からも聞いてるし、三年生にもきみとおなじところの男子がいるよね、と言って、すると夕乃ちゃんは、はい、と消え入るような声をあげるのだけれど、重ねて鷹野先生は、まあきみたちのところの事情は正直よくわからないけど、でも子どもの活動を大人が制限するっていうのは、どうなんだろうなあ、と言って、私は事情を知りもしないのに口をはさむのもどうなんだろう、と口にはださずにそう思っているとまた鷹野先生が口を開いて、とにかく一度、森のなんだっけ？　とにかくその、きみたちの暮らしているところにいって、それで責任者のひととか、あるいは親御さんと話をしてみようと思うんだ、部活のことでもこれまではそっちの言いぶんを聞いてきたけど、一度話しあえばなにか変わるかもしれないしな、と言えば夕乃ちゃんの困り顔はだんだんと泣き顔のように変化して、だから私はとっさに、あの、あたしたち、一緒に美術部に入ります、だから先生が夕乃ちゃんの家というか、施設というか、とにかくそこにいく必要はないと思います、とまくしたてるようにしてひと息に言えば、鷹野先生以上におおきく眼を見開くのは夕乃ちゃんで、私はそんなふうに驚く夕乃ちゃんの顔をはじめて眼にする。

鷹野先生が席をはずしたあとも職員室の隅のソファにふたり並んで座って、夕乃ちゃんの震える手を盗み見る私の胸は鈍く痛むのだけれど、それでも、こうするしかなかったんだ、と自分に言い聞かせながら私も夕乃ちゃんとおなじように手を震わせながら入部届の用紙に、美術部、一年五組、花沢薫、と書いて、それからふたりして立ちあがって、すでに自分の席に戻っている鷹野先生に入部届を手渡せば、二枚の入部届をそれぞれ片方ずつの手で持ち交互に眺めては満足そうにうなずく鷹野先生にさよならの挨拶をして、本館から西館に戻って一階の下駄箱で上履きから下履きに履きかえながら、勝手なことしちゃって、ごめんね、と私はやっとのことで夕乃ちゃんに告げるのだけれど、夕乃ちゃんは、ううん、気にしないで、と言ったあとですぐさま、でもやっぱり部活はできないと思う、禁止されてるから、と言って玄関を出ていくので、私も慌ててローファーをつっかけて夕乃ちゃんのあとを追いかける。

そのまま私は夕乃ちゃんの耳の下でふたつに結ばれ左右にゆれる髪と、その長い髪のかかる背なかを見つめながら、足早に歩く夕乃ちゃんに無言でついていって、やがて校庭の隅の、あまり陽のあたらない花壇の前で屈みこむ夕乃ちゃんの背なかをなおも夕乃ちゃんの背後に突っ立ったまま見つめつづけて、すると花壇の奥から二匹の白猫が、みゃー、と鳴きながら夕乃ちゃんの足もとまでやってきて、二匹の白猫は夕乃ちゃんの左右のそれぞれの足首にそれぞれの頭をぐりぐりとこすりつけながらまた、みゃー、と鳴いて、そんな猫たちの頭を夕乃ちゃんはしばらく撫でているのだけれど、やがてふりかえれば、きのうまさにこの場所で私にむけたあの曇りのない瞳で私を見あげて、でもああでも言わないと鷹野先生、ほんとにうちまできちゃってたかもしれないし、だからありがとう、と淡々としたもの言いながらも微笑みを浮かべて、かたやそう言われる私はぎこちなくうなずくことしかできない。

かつてはおばあちゃんがずっと眠っていた、廊下の角の南向きのガラス戸が中庭に面している仏間で、紗耶子ちゃんから借りている稲垣足穂の『一千一秒物語』を読みはじめるのだけれど、立ちこめる線香のにおいに誘われるようにすぐにうつらうつらとしてしまって、だから三十分も経たないうちに文庫本を畳の上に放り置いて、中庭の塀を乗り越えて加賀美のおじさんの家にいく。

加賀美のおじさんのアトリエの、檸檬色の革張りのロールアームのシングルソファに腰かけ両脚をぶらぶらとさせながら、ザッ、ザッ、とキャンバスに筆を走らせる加賀美のおじさんをいつものようにぼんやり眺めていると、メロディが、ダッ、ダッ、と走ってきて、そわそわと体を床にこすりつけてはソファの足もとにもこすりつけて、それからぴょんと跳ねあがれば私の膝の上にずどんと乗っかかってきて、そのまま私のおなかにぐりぐりと頭を押しつけて、するとすぐさままたぴょんと膝の上で跳ねてはつんとすっぱいようなにおいを残してせわしなく加賀美のおじさんのアトリエから姿を消すのだけれど、加賀美のおじさんはそんなメロディの落ちつきのない行動をしばらく筆を動かす手をとめて、困ったように顔をしかめて見つめているのだけれど、メロディがいなくなればすぐにまたキャンバスにむかって、ザッ、ザッ、と音を立てはじめるので、私はそのまま床から浮いた両脚をぶらぶらとさせながら加賀美のおじさんを眺めていると、やはりいつものようにうつらうつらと体がゆれはじめて、だからそのゆれに身を任せてまどろみの航海に出航しようとするまさにそのとき、アトリエの外から、ぢぁーん、ぢぁーん、という野太い地鳴りのような鳴き声が聞こえて、すると昨夜、というか今朝の三時ごろにどこか遠くのほうから聞こえてくる赤ん坊の夜泣きに眼が覚めたことを思いだして、その野太く訴えかけるような泣き声は蒲団のなかにもぐりこんで耳を塞いだところで耳の奥のほうまでしつこく入りこんでくるようで、だからどうにも落ちつかない気分にすっかり眼は冴えてしまったのだけれど、それは赤ん坊のものではなくメロディのものだったのだと、ぢぁーん、ぢぁーん、という鳴き声を聞きながらそう思う。

ぢぁーん、ぢぁーん、とメロディはいつまでも鳴きやまずに、だから私もなんだかそわそわと落ちつかない気分になってはいつものようにソファに身をうずめてうつらうつらとすることもなく、だからいつもとはちがってやがてキャンバスにむける手をとめ立ちあがる加賀美のおじさんを見届けることもできて、小柄で手首も足首も大人の男のひとが摑めば簡単に折れてしまいそうなほどに細くて華奢な加賀美のおじさんは、虚弱だからおれは長生きできないなあ、といつも冗談まじりに笑うのだけれど、たしかに加賀美のおじさんはいつも不健康そうな青白い顔色をしているからその言葉は私には冗談には聞こえなくて、その青白い顔色がいまでは紫がかって見えるほどにまさしく不健康そのものに見えて、そんな加賀美のおじさんは腰のあたりを両手で揉みほぐせば、首をぐるぐるとまわしながら足を引きずるようにしてアトリエを出ていく。

いつもは絵を描き終えるか、あるいは描いている途中でもひと休みのときには庭に面した縁側に座って煙草をふかしながら、この瞬間がなによりのご褒美なんだよ、と言う加賀美のおじさんはほんとうに幸せそうで満ち足りた表情を浮かべるのだけれど、でもいまは閉め切られたガラス戸のむこうを見やっても縁側には加賀美のおじさんの姿はなくて、あいかわらずどこにいるのやらわからないメロディの野太い地鳴りのような、ぎぁーん、ぎぁーん、という迫りくるような、でもなにもしてやれないからもどかしくも感じてしまうような鳴き声が家じゅうに響いて、それから居間のなかにはさきほどアトリエでぴょんと私の膝の上から飛び跳ねたときにメロディが残していったものとおなじ、つんと鼻を突くようなにおいが立ちこめていて、だから落ちつかなさはだんだんと居心地悪さに変化しはじめて、するとふすまがすーっと音を立てて開いて、ふりかえれば圭子さんがメロディを抱いて居間に入ってくる。

圭子さんは畳の上に正座をして、するとメロディはぴょんと圭子さんの膝の上から跳ねては前屈みの姿勢で首を伸ばしてお尻を高くあげて、尾っぽをぴんと天を突くように垂直に伸ばして、やはり、ぢゃーん、ぢゃーん、とその迫力に怖気づいてしまうほどの鳴き声をあげながらてくてくと居間のなかをさまようようにして歩きまわれば、やがてふすまにぐりぐりと体を押しつけはじめて、圭子さんはそんなメロディを見つめながらワンピースのような紺色の割烹着の裾の部分を両手でぎゅっと摑むと、さきほどアトリエで加賀美のおじさんもしていたような、困ったようなしかめ面をしながら、この子、発情期になっちゃったのよ、と言う。

発情期っていうのはね、猫が妊娠できるあいだのことなんだけど、と言う圭子さんはメロディから眼を離さずに、この子は外にはださないようにしてるけど、でもなにかの拍子に外に出ちゃうようなことがあるかもしれないし、このへんは野良猫も多いし、だから万が一にも妊娠しないように手術をね、ほんとは発情期になる前にしたほうがよかったんだけど、なのにあのひとが、それは生命の理に反する行為だ、なんて頑として首を縦に振らないものだから、それで時機を逃しちゃって、それに手術をすれば病気だって防げるし、それにほら、これからも発情期のたびにこんなふうになっちゃうのって、なんだかかわいそうじゃない、とため息を洩らす。

生命の理だなんて大それたこと言うけど、それじゃあこの子が野良猫の子を産んじゃってもいいの？　病気になって苦しんでもいいの？　って訊くとあのひと黙っちゃって、どんな理想もこの子がかわいそうなら意味ないじゃない、ねえ、薫ちゃんもそう思わない？

メロディが手術をして、それでこのさき子どもを産めなくなってしまうのもかわいそうだと思うし、でも南落合公園のあたりにたむろしているやんちゃな野良猫たちの子どもを産むようなことになってしまうのもかわいそうで、それから圭子さんの言うように病気になったり、これからも、ぢぁーん、ぢぁーん、と唸ってはそわそわと体をあちこちにこすりつけたりするのもかわいそうで、それからメロディの、ぢぁーん、ぢぁーん、という鳴き声を聞きつづける加賀美のおじさんも圭子さんもかわいそうで、だからなんだかかわいそうなことだらけのような気がして、だからいろんな思いや感情がごちゃまぜになっては頭のなかはぐるぐるとまわって、だから圭子さんから、ねえ、薫ちゃんもそう思わない？と訊かれたところでうまく答えられないというか、そもそもなににたいして同意を求められているのかすらよくわからなくなってしまって、だから閉め切られたガラス戸のところまでダッシュして、そのまま頭をぶつけて、ぢぁーん、ぢぁーん、と鳴きながら頭と爪でぐりぐり、がりがりと鍵のかかった窓を必死にこじ開けようとしているメロディを見つめながら黙っていると、いつのまにやら居間にやってきている加賀美のおじさんが、薫ちゃんを巻きこむんじゃないよ、といつもの穏やかな声色ではなく、ひりひりと張りつめるような声色で圭子さんにむかってそう言うので、私はびくんと肩をはねあげて加賀美のおじさんを仰ぎ見るのだけれど、すると加賀美のおじさんの顔色もまたひりひりと張りつめていて、頬はぴくぴくと痙攣していて、今度は圭子さんのほうを見やれば、圭子さんはすねるように唇を突きだしながらうつむいていて、そんなふたりに挟まれている私はいますぐにでも帰りたいと思うのだけれど、いまはこのままここにいたほうがいいような気もなんとなくして、だから私は黙って座ったまま、圭子さんのつくってくれた甘ったるいカルピスをできるだけ時間をかけてちびちびと飲みつづける。

加賀美のおじさんと圭子さんはそれきり口をきかないまま、やがてふたりは居間から姿を消して、だからやっとのことで私は立ちあがるのだけれど、ぴんと張りつめた空気にこちらも知らぬまに居ずまいを正すというか、知らぬまに正座をしていたために足はじんじんと痺れて、この調子では塀を乗り越えることもできそうになくて、だから足を引きずりながら加賀美のおじさんの家の正門を出て、ぐるりと路地をまわって花沢家へと戻るのだけれど、ちょうど水道工事に出かけていた徹おじさんも村川さんというひとの家から帰ってきたばかりのようで、おつかれさま、という郁子おばさんに無言でうなずく徹おじさんは、作業着姿のままテレビの前の座椅子に腰を下ろすのだけれど、そんな徹おじさんにむかって緑茶を差しだす郁子おばさんは、あのね、さっき玄関さきで変なひとに声かけられてね、と言う。

変なひと？　といぶかしげな顔つきで見あげる徹おじさんに、まあ変なひとっていっても、恰好は普通の大学生っぽい男のひとなんだけど、ととっさに弁解するように郁子おばさんが答えると、徹おじさんは、それのどこが変なんだよ、と顔をしかめる。

だから変なひとっていうかね、と自分で言いだしておきながらぴんと立てた右の人さし指をあごにちょんとあてて、うーん、と徹おじさんとおなじように顔をしかめる郁子おばさんはやがて、変なこと、そう、変なこと、ととたんに納得したような声色になって言う。

変なこと？

そう、変なこと言うのよ。

だからどんなこと？

お隣の村のことなんだけどね。

村？

そう、その大学生っぽい男のひとなんだけどね、お隣の、ほら、あそこに取材にいってきたって。

ああ、あそこ。

そう、それで妙谷駅まで歩いて帰る途中で、たまたまうちの前を通りかかったみたいで、それでそのときあたし、玄関さきで水を撒いてたのね。

それで？　そいつはなんて？

森の塾って知ってますか？　って。

森の塾？

そう、あそこってそう呼ばれてるっていうか、あそこのひとたちが自分たちのことをそう呼んでるみたいなのよ。

そうなんだ。

そうなの。

っていうか、なんでそんなこと知ってるんだよ？

だってねえ、桃が丘中にもあそこの子たち、きてるみたいだし、と言う郁子おばさんはちらと私のほうを見るので、思わず私はとっさに眼をそらして、すると郁子おばさんは、だから、知ってはいるけど、でもなにをしてるひとたちかまでは知らないって、そう答えたの、と言う。

それで？　その大学生っぽいのはどうした？

どうしたもこうしたも、ああそうですかって、そのままいっちゃったわよ。

そっか。

ええ。

まあたしかに、なにしてるやつらかは全然わからんよなあ。
お金も共同で管理して、個人で持てないみたいね。
まあおままごとみたいなもんだろうけど、ちょっと不気味ではあるよなあ。
そうよねえ、としみじみとつぶやく郁子おばさんは、また私のほうをちらと見る。

居間で手巻き寿司をつくる輪のなかには麗衣子ちゃんの姿も香帆子ちゃんの姿もなくて、麗衣子ちゃんがまだ仕事から帰ってこないのはいつものことなのだけれど、香帆子ちゃんについては郁子おばさんによれば、大学の同級生だという男のひとと映画なのだか食事なのだかに出かけているようで、紗耶子ちゃんは、どうせ今回もすぐ終わっちゃうよ、と冷淡に言いながら酢飯を寿司桶からしゃもじでよそって、郁子おばさんは、まああの子も歳ごろだしねえ、相手が真面目なひとならそれなりに経験積んどくのも悪くないっていうか、今後のためかもねえ、と湯気を立てる湯のみを手に嬉しさと憂いが入りまじったようなため息を洩らして、徹おじさんは、ったく挨拶もなしに、とひと言言い放てば、紗耶子ちゃんからしゃもじを奪うようにしてとりあげて、よそった酢飯を海苔の上にひろげて、その上に赤身ときゅうりをのせて、きゅっと巻けばすぐさま座卓に背をむけテレビを見ながらがぶりと食らいつくのだけれど、徹おじさんの背なかはどこか力なくもの悲しそうで、そんな徹おじさんの背なかを見つめる郁子おばさんと紗耶子ちゃんは眼配せをしては、声を立てずに笑いあう。

4

四限の美術の時間の前に、本館三階の美術室にむかって階段をのぼっているところへ、後ろから夕乃ちゃんが、タン、タン、と足音を立てて追いかけてきて私の隣に並べば、先生がね、部活やっていいって、と弾むような声色で言うので私は、ええっ？　と思わずおおきな声を薄暗い階段で響かせてしまって、だから私たちの前でおなじく階段をのぼっている濱田君と瀬名君はふりむき眉をひそめて私たちをじろじろと見下ろすので、私はかっと顔が熱くなってしまうのだけれど、それでも気をとり直して、どうして許してもらえたの？　と声をひそめて夕乃ちゃんに訊けば、なんかね、そもそも先生もべつに禁止したつもりはなかったみたいなんだけど、でもなんとなくそんな雰囲気っていうか、空気がいつのまにかできちゃってたみたいでね、だからこれまで禁止にしてたのもなんとなくのことだったみたいで、でもやっぱり禁止にするほどのことでもないよなあって、先生、頭を掻きながら決まり悪そうに笑うのね、とおなじく声をひそめる夕乃ちゃんは思いだし笑いに、ふふっ、と声をあげて、もちろん私は夕乃ちゃんのところの、先生、のことは知らないし、それに徹おじさんと郁子おばさんが「森の塾」と呼ぶ、夕乃ちゃんの家というか、施設というか、とにかく私はそこの決まりというか、しきたりというか、そういうことも全然知らないし、それでもいつもは平然、というか超然としている夕乃ちゃんが眼を輝かせて、楽しそうに話す姿はなんだか新鮮で、だから私もなんだか楽しくなってきて、階段をのぼりながらふたりしてくすくすと笑いあうのだ。

そして放課後、夕乃ちゃんと一緒にふたたび本館三階の美術室にむかえば、四限の授業の前にわずかにでも感じたわくわくとした気持ちはすっかりどきどきとした緊張と不安にとってかわられていて、それは夕乃ちゃんもおなじようで、並んで階段をのぼりながらお互い口もきかないまま、ふたりの足音だけが静寂を切り裂くように薄暗い階段におおきく響く。

よくきてくれたわねえ、待ってたわよ、と三十代なかばぐらいのすらりと背の高い顧問の牧野先生は軽やかな声をあげて、するとすぐさま、新入生は今年はあなたたちだけなのよ、もともと部員もそんなに多くないんだけど、でもさすがにちょっと、ねえ、と顔を曇らせて、そんな七変化みたいに芝居がかった様子の牧野先生がおかしくて、だからすこしだけ緊張もほぐれて私と夕乃ちゃんの顔はほころぶのだけれど、牧野先生の隣で無言で立っているのは、誠友館で美術部の紹介をしてくれた部長の升澤《ますざわ》先輩で、升澤先輩はあのときとおなじように顔をがちがちに強張らせて、眼もきょろきょろと泳がせて、あの、部活紹介でも話したんだけど、最初は友だち同士でポートレイトっていうか、顔の描きあいっこをしてもらうんだけど、牧野先生もいま言ったんだけど、一年生はあなたたちだけだから、だからふたりで描きあいっこしてもらいたいんだけど、それでいいかな？　とあのときとおなじように早口でもごもごと言って、そんな升澤先輩の緊張が伝われればほぐれたはずのこちらの緊張もまたぶりかえすのだけれど、それよりも升澤先輩の言った、友だち同士、という言葉が私の胸にずしんと重くのしかかるのは、夕乃ちゃんは私のことを、友だち、と思ってくれているのだろうか？　という、そんな疑念がふいと湧きあがるからで、だから夕乃ちゃんのほうを見ることもできずに、升澤先輩の問いかけに答えることもできずに、ますます顔も体も強張らせてしまうのだけれど、すると牧野先生が、そんなにいっきに言ってもわかんないわよ、ねえ、と升澤先輩の背なかを、ぽん、と叩いて、それから私たちにウインクをしてみせて、そんな仕草がまた芝居がかっているものだから、そんな牧野先生がやはりおかしくて、それからかわいらしくもあって、だから背なかを、ぽん、と叩かれぎこちなく笑う升澤先輩とおなじように、私もぎこちなく笑えば、隣の夕乃ちゃんもぎこちなく笑っている。

縦と横にそれぞれ三列ずつ並ぶ長方形のおおきな机のあいだの空いたスペースにイーゼ

ルを並べる先輩たちは、画板に挟んだ画用紙にむかってデッサンをしていて、私と夕乃ちゃんは窓際の奥へ牧野先生と升澤先輩のあとにつづいて移動するのだけれど、私は先輩たちが手を動かしたまま横眼で私と夕乃ちゃんのほうをちらちらと見ていることに気づいて、だから私もちらちらと横眼で先輩たちの様子をうかがえば、ざっと十人くらいいる先輩たちは全員がセーラー服を着ていて、だからなのかどうかはよくわからないのだけれど、先輩たちの視線は夕乃ちゃんよりもどちらかといえば私に注がれているように、なんとなくだけれどそう感じて、だから静まりかけていたはずの胸の鼓動はふたたびどきどきと脈打ちはじめる。

四角い木の椅子にそれぞれに腰かける私と夕乃ちゃんの前に差しだされるのは新品の鉛筆と、それからカッターナイフで、牧野先生は、きょうのところはこれを削ってみようか、と言って、すると机に沿って横並びに座る私と夕乃ちゃんの前に四角い木の椅子を置いて座る升澤先輩は、注意深く私と夕乃ちゃんの手もとを交互に見つめながら、そうそう、とか、手を切らないようにね、とやはりもごもごとではあるけれど真剣なまなざしで言葉をかけてくれて、すると次第に升澤先輩自身の緊張もほぐれてきたのか、わざわざ手で削るのはね、芯を長くだすことで鉛筆を寝かせて描けるようにするためなんだよ、とか、でもあたしの場合は描く前の儀式っていうか、削りながら集中力を高めてるんだよね、とやはり私と夕乃ちゃんの手もとから眼を離さないままいろいろと教えてくれて、私は私でそんな升澤先輩の言葉に耳をかたむけながらも手もとを滑らせないよう集中するうち、いつしか作業そのものに夢中になって、ちょっとはやいけど、きょうはここまでにしようか、と牧野先生に声をかけられ思わずびくんと肩をはねあげるとともに、あやうく手もとを滑らせそうにもなるのだ。

私と夕乃ちゃんから削り終わった鉛筆を受けとる牧野先生は、そのまま私たちを連れて先輩たちひとりひとりに私たちを紹介するのだけれど、さきほどはちらちらと私たちのほうを見ていた先輩たちも実のところは緊張していたようで、だからお互いにまだぎこちなさは残るものの、これからよろしくね、はい、よろしくお願いします、というお決まりの台詞ではあるのだけれど、でもしっかり眼と眼をあわせて言葉を交わせば、なんとかかんとかこれからうまくやっていけそうな、そんな期待にことのほか深く安堵する私がいて、だから夕乃ちゃんとふたりして美術室を出たとたんに、はあー、と声にだしておおきなため息をついてしまうのだけれど、私とほとんど同時に夕乃ちゃんも隣で、はあー、と声にだしておおきなため息をついて、するとふたりして顔を見あわせ今度はおおきな笑い声を立てて、すると私も夕乃ちゃんもほとんど同時に右の人さし指を口もとでぴんと立てて、しー、と言っては背後の扉をふりかえって、ふたりしてくすくすと笑いあう。

めずらしいことに香帆子ちゃんも紗耶子ちゃんもすでに帰ってきていて、居間のテレビはついているのだけれどボリュームはいつもよりも絞られていて、こちらはとくにめずらしくもないのだけれど、おなじくすでに帰ってきている徹おじさんだけがテレビのほうをむいて、イチローが張本勲というひとが持っていた日本のプロ野球の最多安打記録を日米通算の安打数で抜いたという、すこしややこしいニュースを眺めながら、WBCのストレスかなんかで胃潰瘍だったはずなのに、あっさりやっちゃうんだからなあ、やっぱりイチローはイチローだよなあ、とつぶやいて、でも郁子おばさんも香帆子ちゃんも紗耶子ちゃんもそんな徹おじさんのつぶやきに反応もしなければ、テレビのほうをちらりとも見ようとはしないで、沈んだ顔色のままそれぞれに押し黙っていて、仕方なしに私も黙って部屋の隅に腰を下ろせば、やがて香帆子ちゃんが、事故だったらもうとっくに警察から連絡がきてるはずだし、まあ大丈夫でしょ、なんていうか、気がのらなくて、それで一日ばっくれちゃって、いまもどっかで時間つぶしてるだけだよ、と精一杯に明るく振る舞っていることがまるわかりな調子で言う。

でも香帆ちゃんとちがって麗衣ちゃんはまじめだし、休むんなら会社に連絡入れるはずだよ、と紗耶子ちゃんが言えば、香帆子ちゃんは、ちょっとあんた、なに生意気言っちゃってるわけ、あたしだってさすがにバイトでも休むときは連絡くらいするわよ、と言いかえす。

だから麗衣ちゃんならなおさら無断欠勤なんてしないはずで、むこうに連絡がいってないことがそもそもおかしいって、そういう話をしてるの。

もううるさいわねえ、これだから文学少女は。

文学はいま関係ないでしょ。

ちょっとあんたたち、いいかげんにしなさいよ、とことさら沈んで青ざめた顔色の郁子おばさんが、精一杯に金切り声をあげる。

家を出るときになんも言ってなかったの？　と訊く紗耶子ちゃんに、郁子おばさんは顔をうつむけたまま首を横に振って、すると今度は香帆子ちゃんが、荷物は？　いつものバッグだけだった？　麗衣ちゃん、古着屋で買ったっていうイギリス製のボストンバッグ持ってたよね、男のひとが使いそうなやつ、と訊けば、郁子おばさんはおなじく顔をうつむけたまま首を縦に振って、それから横に振って、もう、どっちなのよ？　ともう一度訊く香帆子ちゃんに、いつものトートバッグだけよ、とさきほどの金切り声とは一転して、消え入りそうな声色で言う。

なに？　バッグがどうしたの？　なんか関係あるの？　と紗耶子ちゃんは香帆子ちゃんと郁子おばさんを交互に見やりながら訊いて、すると香帆子ちゃんも郁子おばさんも、いやあ、まあねえ、と曖昧に声をあわせては顔を見あわせ、ねえ、とまたもやふたりは曖昧に声をあわせる。

なんなのよ、もう、気色悪いなあ。

いやあ、ねえ、麗衣子ちゃんはあたしたちとちがってもう大人なんだし、大人の女ってのは、まあ、いろいろ、ねえ、あんた文学少女なんだから、そういうのよく知ってるでしょ？

ちょっと香帆、やめなさいってば、と徹おじさんのほうをちらと横眼で見ながら郁子おばさんは言って、かたや徹おじさんはテレビにむけていた体をぐいとひねるのだけれど、香帆子ちゃんの発言にも郁子おばさんの視線にもいっさい反応をみせることなく座卓の上の湯のみを手にとって、緑茶をぐいと飲み干せば、そのまま立ちあがって居間を出て、便所にいってしまう。

それきり三人ともに押し黙っては郁子おばさんだけでなく香帆子ちゃんも紗耶子ちゃんもうつむいてしまって、そのままみんなして黙りこくってしまうのだけれど、やがて香帆子ちゃんがふいと顔をあげて、お父さん、うんこ長いねえ、といつまでも開かない便所の扉のほうを見やって言うので、郁子おばさんも紗耶子ちゃんも顔をあげて便所のほうを見やって、今度は郁子おばさんと紗耶子ちゃんが声をあわせて、そうねえ、となぜだかしみじみと言う。

結局この日、麗衣子ちゃんは帰ってこなくて、そのかわりにというか、郁子おばさんの携帯電話に、ちょっと遠出してるだけだから、心配しないで、というメールが送られてくる。

お昼食べにいこうよ、と誘われるがままに香帆子ちゃんについて川沿いの遊歩道を北へ、駅方面へとむかうのは、ふたりとも土曜で学校が休みだからで、私はてっきり妙谷駅南口のショッピングモールのどこかのお店に入るのかと思いきや、香帆子ちゃんはそのままショッピングモールも妙谷駅も突っきって、妙谷駅北口交差点のさきの落合中央公園の北のはずれにある中央図書館の自動扉を抜ければ、紗耶のやつ、春だからってサリンジャーなんて読んでたりして、ああやだやだ、と一階フロアを足早に突っきりながら館内の静寂のなかで遠慮なく声を響かせて、どうして、春だからってサリンジャー、なのか私にはよくわからないのだけれど、螺旋階段をあがった二階の窓際のカウンター式の閲覧席ではたしかに紗耶子ちゃんが左手で頰杖をつきながら本を読んでいて、そんな紗耶子ちゃんの背後に立つ香帆子ちゃんは、華の女子高生がねえ、休日の昼間っから文学とはねえ、といつもの厭味たっぷりな調子で言えば、紗耶子ちゃんとは席をひとつ空けて隣に座る、赤いキャップを被って赤いぶかぶかのパーカーを着た、香帆子ちゃんとおなじくらいの歳ごろの男のひとが茶色い革表紙のぶ厚い本のページをめくる手をとめ香帆子ちゃんを仰ぎ見るのだけれど、休日の昼間っから図書館にいることが不釣りあいな華の女子大生にたちまちにして見惚れてしまったのか、惚けたような顔つきでもの欲しそうな視線をちらちらと投げかけて、というのはあとから香帆子ちゃんが中央図書館から北にすこし歩いたさきの交差点の角にあるお好み焼き屋さんでもちチーズ玉を食べながら言ったことで、かたや突然背後から声をかけられる、というか厭味を言われる紗耶子ちゃんは驚いて肩をはねあげる、というようなこともなく、ゆっくりと、というか悠然とふりかえれば香帆子ちゃんをぼんやりと見あげて、やっぱり詩って原文じゃないと言葉のゆらぎっていうか、そういうところまでアプローチできないのかなあ、それなら大学にいったら英文学でも専攻して、ブレイクなんか研究するのもありよねえ、とこちらは文学に惚けて噛みあわない受け応えをするのだけれど、そんな紗耶子ちゃんの言葉と赤いキャップの男のひとの視線を無視する香帆子ちゃんは、ほら、お昼食べにいくよ、と言うと紗耶子ちゃんの背後から手を伸ばして、机の上から大江健三郎の『新しい人よ眼ざめよ』という本をとりあげて、そのまますたすたと閲覧席を離れて螺旋階段を下りていってしまうので、だから紗耶子ちゃんは席を立って慌てて香帆子ちゃんを追いかけて、そんな香帆子ちゃんと紗耶子ちゃんを私も追いかけて、すると一階のカウンターで香帆子ちゃんは財布からとりだした図書館利用者カードを職員のひとに手渡していて、手続きを終えると借りたばかりの『新しい人よ眼ざめよ』を紗耶子ちゃんの胸もとに突きつけるようにして、あんたどうせまたいっぱい借りちゃってて、もう借りられないんでしょ、とぶっきらぼうに言い放てば、ほら、あたしおなかぺこぺこなんだから、はやくいくよ、と言い残して自動扉を抜けてさっさと外へ出ていくので、そんな香帆子ちゃんを紗耶子ちゃんは『新しい人よ眼ざめよ』の本を胸もとで抱きかかえながらやはり慌てて追いかけて、そんな香帆子ちゃんと紗耶子ちゃんをやはり私も慌てて追いかける。

そば入りもやっぱりおいしそうねえ、ちょっとちょうだい、と香帆子ちゃんは紗耶子ちゃんが注文したえびモダン焼きをひと切れ自分のとり皿に移して、ああ、やっぱりおいしい、と頰を崩す。

紗耶子ちゃんもふうふうと息を吹きかけながらえびモダン焼きを口に放りこんでは、麺ももちもちしてて、結構おいしいねえ、と言って、私も私でぶたそばを紗耶子ちゃんとおなじようにふうふうと息を吹きかけながらずるずるとすすって、三人ともにひたすら食事をする音だけがテーブルに響いて、しばらくすると香帆子ちゃんも紗耶子ちゃんもそれから私も、ごちそうさま、とおなじタイミングで箸を置いて、それぞれ薄桃色に頰を上気させながら満足そうに、ふう、と息を吐けばそのままみんなして黙りこくるのだけれど、だしぬけに香帆子ちゃんが、麗衣ちゃんのことなんだけどさあ、と切りだせば、紗耶子ちゃんはその言葉を待っていたかのように、うん、とうなずいてみせる。

どう考えたって駆け落ちなんだよねえ、と言う香帆子ちゃんに紗耶子ちゃんは、どうして？　お母さんもなんか知ってる感じだったけど、と言う。

ちょっと前なんだけどね、麗衣ちゃんと、まあガールズトークしてたわけ。

うん。

それで、麗衣ちゃんの彼氏なんだけど、奥さんがいるって。

ああ、そういうこと。

あ、ちがう、それはあたしが見つけたんだ。

見つけたって、どういうこと？

グーグル探偵、つぶやき特定しちゃうのだ。

麗衣ちゃん、ツイッターやってたんだ。

そうなのよ、それでね、奥さんに見つかっちゃった、みたいなつぶやきを見つけちゃってね。

悪趣味だなあ。

鍵もかけてないんだし、悪いのはむこうよ。

いやな時代だなあ。

まあそれでね、お母さんも含めて居間で緊急会議ってわけ。

そうだったんだ。

そういうこと。

それで？　お母さんはなんて？

そりゃあ、やめときなさい、って。

それだけ？

それだけ。

駆け落ち情報は？　それもツイッター？

それはまだ、っていうか麗衣ちゃん、ここんとこつぶやいてない。

それじゃあやっぱり、なんで駆け落ちしたってことになるの？

それはなんとなくっていうか、女の勘よ、奥さんに見つかっちゃったのは確定なんだし。

うーん。

でもさあ、いまの時代に駆け落ちだなんて、ずいぶんと前時代的じゃない？

駆け落ちに時代なんて関係ないと思うよ、やるひとはいつの時代だってやるでしょ。

でもまさか麗衣ちゃんがねえ。

だから、まだそうと決まったわけじゃないでしょ。

そうなんだけど、でもやっぱりそうだと思うんだよねえ。

でももしほんとにそうなら、相手は会社のひとってこと？

そうだね、麗衣ちゃんそう言ってた。

ダンディな上司との駆け落ちかあ。

いやねえ、天なんか仰いじゃって、上司かどうかもわかんないし、ましてやダンディだなんてなおさらわかんないわよ。

でも麗衣ちゃん面食いだし、大学のときもうんと歳上のひととつきあってたでしょ？

あれも不倫だっけ？

あれはそんなに歳上じゃないよ、たしか。

そうだっけ？

うん、まだ三十にもなってなかったんじゃないかなあ、歳上は歳上だけど、べつに結婚してたわけでもないし、よくいる女子大生好きのサラリーマンだよ、たしかに顔はよかったけどね。

見たことあるの？

写真だけね、それに麗衣ちゃん変に潔癖なとこあるから、不倫なんてできないだろうし。

今回やっちゃってるじゃん。

ああそっか、なんかぼけてんなあ、あたし。

まだ春休みぼけが抜けきってないんじゃない？　大学生って春休みすっごい長いし、だからまだ体が慣れてないんだよ。

それはまあともかく、麗衣ちゃんはやっぱり潔癖は潔癖だから、不倫なんてありきたりなことでも思いつめちゃってさ、それで駆け落ちだなんて時代錯誤なことしちゃったのかもね。

時代錯誤かどうかはわかんないけど、たしかに麗衣ちゃんらしいといえば麗衣ちゃんらしいのかなあ。

うーん、と香帆子ちゃんと紗耶子ちゃんはふたりして唸って、そのまま黙りこんでしまうのだけれど、やがてガラガラと木枠のガラス戸が開いて、ふたりの子どもを連れた四人家族が入ってくると、テーブル席からも見える奥の厨房で黙々とひたすら作業に没頭している主人のたぶん奥さんだとは思うのだけれど、紫色のエプロンをつけたきれいな白髪の店員さんが厨房のほうからやってきて、ちょっとお待ちいただけますか？　あいにく満席でして、もうすこしで空くと思いますから、と二歳くらいの男の子を抱く母親に声をかけて、その声は私たちの座るテーブル席にも届いて、十二時ちょっと過ぎにお店に入ったときには奥のL字型のカウンター席も、八つある四人がけのテーブル席もまだ空席が目立っていたものの、長話にいつのまにやら店内が満席になっていることに気づいていなかった香帆子ちゃんも紗耶子ちゃんも店内を見まわせば、そろそろいこっか、と言いあって、香帆子ちゃんは伝票を手にして立ちあがって、入り口脇のレジカウンターで会計を済ませて、それからお店を出れば香帆子ちゃんは紗耶子ちゃんに、あんたまた図書館にいくの？と訊いて、すると紗耶子ちゃんは、うん、そうだね、と答えて、それからみんなで並んで歩きだす。

もうちょっとなんかさあ、遊びにいったりとか、そういうのってないわけ？

遊ぶときは遊ぶよ。

そう？　見たことないんだけど。

それは香帆ちゃんが知らないだけだよ、先週も友達と栄町にいったもん。

それってボーイの友達？

ううん、ガールの友達。

あたしが言うのもなんだけどさあ、あんた結構かわいい顔してるんだよ。

大江先生より楽しませてくれるボーイだったら、どんどん遊んじゃうんだけどなあ。

あんたやっぱり、一生ひとりぼっちな気がするよ。

そんなことないよ、筒井先生もいるし、阿部ちゃんは神町サーガの続編書いてくれてるし、いまだってすてきな男性たちに囲まれてるんだから。

あーあ、こりゃあ確定だ。

とあきれるように苦笑いを浮かべる香帆子ちゃんは、図書館の前で紗耶子ちゃんに手を振ると、帰ろっか、と言って私の手を握る。

香帆子ちゃんの手はぽかぽかと温かくて、前よりもその機会は減ってはいるのだけれど、でも香帆子ちゃんと手をつなぐたびになんだか不思議と私の心もぽかぽかと温かくなって、それはどうしてなのだろう？　とぼんやりと春の陽射しを浴びながら、そんなことを思うのだ。

午後は加賀美のおじさんの家にいく予定だったのだけれど、このあいだの加賀美のおじさんと圭子さんの喧嘩のことや、それからメロディの様子が変だったことにもなんだか気後れがして、だから電話で、ちょっと気分が悪いから、と伝えると、加賀美のおじさんはいつもの穏やかな声色で、大丈夫？　ゆっくり休んでね、と気づかってくれるのでほっとすると同時になんだからしろめたい気分にもなって、するとなんだかほんとうに気分が悪くなってしまって、だからかつてはおばあちゃんがずっと眠っていた、廊下の角の南向きのガラス戸が中庭に面している仏間で、押入れのふすまに背をもたせかけながら紗耶子ちゃんから借りた『一千一秒物語』を開いてもお話は全然頭に入ってこなくて、思えばもうずいぶんと前に借りた本なのに全然読み進められていないことにいまさらながらに気づくのだけれど、だから読んだ本を次々と積みあげていく文学少女の紗耶子ちゃんはすごいなあ、とあらためて感心してしまって、私も本を読むことは好きだけれど、でも紗耶子ちゃんのようには好きではないような気がして、それなら私はなにが一番好きなんだろう？これからさき、どんなことが一番好きになるんだろう？　と畳の上で横になってぼんやりと考えているうちにうつらうつらとしはじめて、いつのまにやら降りだした雨がぽつりぽつりとリズミカルにガラス戸を叩く音にぼんやり耳をかたむけていると、頭のなかでは乳白色の靄が中庭にふわっとひろがって、それはだんだんとカーテンのドレープみたいに波打ってはゆらゆらとゆらめきはじめて、これならメロディの、ぢぁーん、ぢぁーん、という野太い地鳴りのような鳴き声だって吸いこんでくれるだろうから、だからもう耳を塞がなくたって大丈夫、と束の間安心するのだけれど、なんだかそんなふうに思われてしまうメロディがかわいそうで、するとそのうち、ぐう、ぐう、と荒い息づかいが耳に届いて、いつもこの部屋で眠っていたおばあちゃんはいまはもう天国にいるのだし、ということはこれは私のいびきなんだ、眠っていても自分のいびきって聞こえるんだ、などとぼんやりと考えているうちにぱちっと眼が覚めて、そのまましばらくぼんやりと天井を見つめているのだけれど、ややあっていつのまにやら体にかけられていた毛布をめくりあげて、ゆっくりと体を起こしてガラス戸を開けるとあたりはすでに薄暗くなっていて、雨はもうあがっているのだけれど雨の予感をはらんだどんよりと湿気《しけ》った空気が部屋のなかにもわっと入りこんで、私はぶるりとちいさく身震いする。

居間に入れば香帆子ちゃんが私の顔を指さして、すっごい痕ついてる、と言っては、あはは、と笑うので、右手で頬をさすると縦に何本もの線がくっきりとついてでこぼこになっていることが鏡を見なくてもわかって、台所から顔をのぞかせる郁子おばさんは、ずいぶん長いこと寝てたわねえ、と言うと同時に私の顔をまじまじと見つめながら、枕も持っていってあげればよかったたねえ、とため息を洩らすのだけど、あはは、となおも笑いつづける香帆子ちゃんにつられてか、やがて、ぷっ、と吹きだして、だから私は右の手のひらで頬を隠しながらそそくさと洗面所にむかって、もうわかってはいるものの畳の痕が頬にくっきりとついて赤くなっている鏡のなかの自分の顔をまじまじと見つめれば、自分でも、ぷっ、と吹きだしてしまうのだ。

今夜はトンカツにするわね、と言って買いものに出かけた郁子おばさんが卵を買い忘れて帰ってきたことにあきれ顔をする図書館帰りの紗耶子ちゃんは、もう一度卵を買いに駅前のスーパーマーケットに出かけようとする郁子おばさんに、いいよ、あたしがいってくるから、と言うのだけれど、帰ってきた紗耶子ちゃんが手にしているビニール袋のなかには卵は入っていなくて、もうめんどくさいから、お惣菜のロースカツ買ってきちゃった、と言って、それだけでなく紗耶子ちゃん自身が台所に立ってソースカツ丼をつくって、さらには、ついでだから、とわかめと油揚げの味噌汁とアボカドとカニカマのマヨネーズ和えをぱぱっとつくって居間のテーブルに並べれば、ごめんねえ、あたしぼけちゃったみたいねえ、と言う郁子おばさんに、その台詞、たしかあたしもきょうのお昼に言ったなあ、と香帆子ちゃんがぽつりと言って、すると紗耶子ちゃんが、そうだったね、やっぱり母娘だよね、と言葉をかえすのだけれど、香帆子ちゃんはそれには答えずに、これ、なかなかおいしいじゃない、なんかの本にレシピでも載ってたの？ とアボカドとカニカマのマヨネーズ和えを箸でつつきながら紗耶子ちゃんに訊いて、すると紗耶子ちゃんは、こんなの適当にいろいろまぜただけだよ、香帆ちゃん全然料理しないから、簡単な料理もむずかしく見えちゃうんだね、とからかうように言うと、香帆子ちゃんは、ふん、とわざとらしく鼻を鳴らしたあとで、でもカツ、やっぱり一枚余っちゃったね、と今度は冗談めかして言えば、郁子おばさんの顔色はとたんに曇ってしまって、するとそのままみんなして黙りこんでしまって、すると両肩に、どん、どん、と重たい鉛のようなものがのしかかってくるような、そんな重苦しさ、というか息苦しさが居間に漂って、それきりみんなして背を丸めてどんぶりのなかのカツ丼を無言で食べつづける。

結局この日も麗衣子ちゃんは帰ってこない。

5

放課後の美術室で画用紙にむきあう私は、そのむこうにいる夕乃ちゃんの顔をまじまじと見つめて、それから画用紙に、シャッ、シャッ、と鉛筆で線を引いて、その音はやけにおおきく響くのだけれど、それでも私は夕乃ちゃんをまじまじと見つめることにも、画用紙に、シャッ、シャッ、と音を立てて鉛筆を走らせることにもなんらためらうことなく、するとなんだか魔法のような時間のなかにいるように思えてくる。

開け放たれた窓のむこうで吹く春のそよ風が閉め切られたカーテンをわずかにゆらし

て、すると運動場からは運動部の生徒たちの張りあげるようなかけ声だったり、バットがボンッとボールを打ちかえす音だったり、あるいはピーと鳴り響く笛の音だったり、そんなたくさんの音たちがひと塊の喧騒となって美術室にも届くのだけれど、それでも喧騒は私の集中をわずかばかりも乱すことなく、鉛筆を持つ手に力をこめてさらに感覚を研ぎ澄ませると、運動場からの音や、あるいは教室のなかで先輩たちが画用紙に走らせる、ガリッ、ガリッ、という鉛筆の音や、ザッ、ザッ、という筆の音もいつしか意識から遠のいて、私と、それから夕乃ちゃんが立てる、シャッ、シャッ、という鉛筆の音だけが私の耳に届いて、するとなんだか私はその音に守られているような、そんな気さえしはじめる。

私は夕乃ちゃんを見つめるのだけれど、夕乃ちゃんもおなじように私を見つめて、でも夕乃ちゃんのおおきな瞳はそのままますぐに私を突き抜けて、そのむこうにあるなにかを見つめているようで、その澄んだまなざしにはあらゆる怖れも、それから疑いも浮かんではいないように私には思えて、そんな夕乃ちゃんの瞳のなかに、なんというか、私は神聖さのようなものを見るような気がするのだけれど、なぜだか同時に空虚さというか、根源的なあきらめというか、そんなものさえ見るようで、静寂にたゆたっていたはずの私の胸の内はかすかにざわつきはじめるのだ。

だから私は一旦手をとめて、両手を天井にむけて伸びをすれば、テーブルからカッターナイフをとりあげて、顔は私を描いている夕乃ちゃんのためになるべく正面にむけたまま眼だけを伏せて、鉛筆を削りながら心を落ちつかせるように深呼吸をして、それからまた画用紙と、それから夕乃ちゃんにむきあうのだけれど、今度は夕乃ちゃんの吸いこまれてしまいそうなおおきな瞳にはなるべく焦点をあわせることはしないで、夕乃ちゃんの顔全体をぼんやりと眺めるようにして、耳の下でふたつに結んで胸もとまで垂らした艶めく黒髪や、卵形のちいさな顔のなかでつんと突きだす高い鼻や、あるいはぷっくらとやわらかそうな赤い唇や、ちいさな顔の両脇からぴょんと飛びだすわずかに尖った耳を画用紙の上に、シャッ、シャッ、といまはまだおおざっぱに写していけば、やがてチャイムの音が美術室に響いて、ふっと顔をあげて掛け時計を見やれば知らぬまに一時間が経過していることに気づいて、するととたんに窓のむこうから届く喧騒や、あるいは美術室内のかすかなざわめきさえもがやかましく鼓膜を叩くようで、牧野先生が、じゃあ、きょうはここまで、と言う瞬間に魔法の時間は終わりを迎える。

美術室を出て、廊下から見あげる空は青色と薄紫色がまじりあっていて、すると夕乃ちゃんが、暗くなっちゃう前に、猫見にいこうよ、と言うので私は、うん、とうなずいて、だからすこしだけ急ぎ足になって本館と西館をつなぐ渡り廊下を渡って下駄箱で上履きから下履きに履きかえているところで、あんたたちまだいたの？　という声が薄暗い玄関のなかで響きわたる。

ふいと顔をあげて玄関の入り口のほうを見やれば、暮れの光を背に受けて立つみっつの影がぼうっと浮かびあがるようで、よくよく眼をこらせばそこにいるのはおなじクラスの、たしかハンドボール部に入ったはずの春日さんと植松さんと宮内さんの三人で、土に汚れたジャージのお尻を、ぱん、ぱん、と音を立ててはたきながら植松さんが、あんたさあ、部活やっちゃいけないって、なんかそんなこと言ってなかったっけ？　と夕乃ちゃんを睨みつけるようにして鋭く言い放って、するとほかのふたりがくすくすと笑いあう声が薄暗い玄関のなかで響いて、そうそう、かっこつけて作文なんか用意しちゃってねえ、と言うのは宮内さんで、するとまた植松さんが、あたしたちのこと、いっつもばかにしてるような眼つきで見てさあ、でもそっちの少年君とは規則をやぶって仲良く部活動ですか？とやはり鋭く言い放てば、あいかわらずくすくすと笑いあう宮内さんと春日さんの遠慮のない視線は今度は私にも注がれて、だから私はしどろもどろになって、だからどうすることもできなくて、すると誠友館の渡り廊下を渡って玄関に入ってくるのは、おなじクラスのたしか卓球部に入ったはずの糸井君と林君で、わいわいと声を弾ませていたはずのふたりは薄暗い玄関のなかの険悪な空気を敏感に察知したのか、突然黙りこんでは私たちのほうをちらちらと見ながらそそくさと校舎のなかに消えて、すると今度は春日さんが、「森の子ども」かなんだか知らないけどさあ、なんかあんたきもいんだよね、と言って夕乃ちゃんのもとへつかつかと歩み寄ればそのまま肩をぐいと押して、すると夕乃ちゃんはバランスを崩して後ろに倒れそうになるのだけれど、それでも私はうつむいたままただただ青ざめては、心のなかで音羽ちゃんにむかって、お願い、助けにきて！　と祈ることしかできずに、けれども薄暗い玄関のさきのテニスコートからはいまだに男女の入りまじったにぎやかなかけ声と、リズミカルなラリーの音が聞こえて、それらの音のどれかはテニス部に入部した音羽ちゃんが立てているものだろうと思う私はあいかわらずなにもできずに、だからじっとうつむきぎゅっと唇を噛みしめる夕乃ちゃんを見つめながら、情けなさに泣きだしそうになるのだ。

三人の体操着姿の少女たちが私と夕乃ちゃんの前から去れば、玄関のなかはほとんどなにも見えないほどに暗くなっていて、だから私はいまだ青ざめ、膝はがくがくと震えているのだけれど、それでもなんとか、きょうはもう帰ろっか、と振り絞るようにして声をあげれば、夕乃ちゃんのうなずく姿が暗がりのなかでシルエットのように浮かびあがって、それきり私たちは口をきかないまま校門の前で別れて、それぞれの帰路につく。

駆け足で花沢家に帰って、そのまま私は足をとめることなく玄関の正面の階段を、ダン、ダン、と音を立ててのぼっていけば、居間から顔をだす郁子おばさんが、ちょっと、どうしたのよお、と声を張りあげるのだけれど、私は立ちどまることなくそのまま、ダン、ダン、と階段を駆けあがって、やはり、ダン、ダン、と奥の六畳間に駆けこもうとするのだけれど、そのはじめの一歩を踏みだしたとたんに一番手前の麗衣子ちゃんの部屋のふすまがすこしだけ開いていることに気づいて、だからつるつると滑りやすい廊下に足をとられながらもなんとかバランスを立て直して、開いたふすまの隙間から部屋のなかをのぞきこめば、窓際の畳の上に腰を下ろして、半分ほど開けられた窓のむこうをぼんやりと眺めながら煙草の煙を吐きだしている麗衣子ちゃんの姿が眼にとまって、するともうなんだかわけもわからないままふすまを勢いよくこじ開ける私は、やはり、ダン、ダン、と畳に足音を響かせそのまま麗衣子ちゃんの胸もとに飛びこめば、麗衣子ちゃんは右手の人さし指と中指で挟んでいた煙草をひょいと宙に持ちあげて、ちょっと危ないってば、髪燃えちゃうよ、ととっさに言うのだけれど、そんなことはおかまいなしにさらに強く麗衣子ちゃんの胸に頭を押しあてる私の眼からはずっと滲んだまま、それでもなんとかこらえていた涙がどくどくと溢れ出てきて、顔じゅうがぐちゃぐちゃに濡れてしまって、すると麗衣子ちゃんは窓枠に置いていた灰皿で煙草の火をもみ消して、胸もとでわんわんと声を立てて泣きわめく私の頭を両手で抱きかかえると、もう、どうしちゃったんだろうねえ、この子は、と困ったような声をあげるのだけれど、麗衣子ちゃんの手にはたしかな力がこもっていることが私にはたしかに感じられて、だからますますわんわんと泣いてしまって、でも同時に体の奥のほうがじんわりと温かくなってくるのだ。

もう、いま寝たら夜眠れなくなっちゃうよ、と言う麗衣子ちゃんの声がぼんやりと撫でるようにして耳に届けば、そのままうとうととしてしまうのだけれど、やがて一階のほうから話し声やら足音やら食器のぶつかりあう音やらが聞こえてきて、だから枕から頭をあげて体にかけられた毛布をめくりあげて、頭はぼうっとしたまま、それでも急勾配の階段から転げ落ちないようゆっくりと下りていけば、居間には麗衣子ちゃんと香帆子ちゃんがいて、隣の台所では郁子おばさんがコトコトと煮物を煮込んでいる。

ホイル焼きにした白身魚を盛りつけたお皿をお盆にのせて居間の座卓に運びながら郁子おばさんは、お父さん、急に工事の依頼が入ってねえ、とどうやら徹おじさんと入れ違いに帰ってきたらしい香帆子ちゃんにむかってそう言って、でも香帆子ちゃんは言葉をかえすことなくすでに座卓に並んでいるだし巻き玉子をひょいと箸ではなく手でつまんで口に運ぶのだけれど、郁子おばさんは、あんたまだ手も洗ってないでしょう、いやねえ、と言いながら台所に戻って、やはり香帆子ちゃんは言葉をかえさずに、テレビのニュースを見るともなく見ていると、やがて郁子おばさんがひょいと台所から顔をのぞかせて、ちょっと、あんたも運ぶの手伝いなさいよ、と香帆子ちゃんに声をかけるので、香帆子ちゃんは、はいよお、と座卓に手をつき立ちあがって台所にむかえば、台所からは郁子おばさんの、その前に手、洗いなさいよね、と言う声が聞こえてくる。
香帆子ちゃんは台所と居間を二往復して筑前煮の小鉢と、それからさば水煮缶と焼きねぎの味噌汁をそれぞれ座卓に並べて、郁子おばさんがなすときゅうりのお新香を運んできて、それから茶碗に白米をよそえば、麗衣子ちゃんが、あれ？　そういえば紗耶は？　と郁子おばさんに訊くので、郁子おばさんは、友達と図書館で勉強してくるみたいだから、お夕飯いらないんだって、と答えると、麗衣子ちゃんは、あ、そう、と言って、すると座卓を囲む四人は手をあわせて、いただきます、と言って、それぞれに箸を進める。

団地も戸建てもどんどん古くなってきてるし、水道屋にとっては稼ぎどきなのかもねえ、と郁子おばさんが香帆子ちゃんにむかって話しかけるのだけれど、香帆子ちゃんは、そうねえ、と気のない返事をするばかりで、味噌汁をすすりながら片手でスマートフォンを操作しては画面から眼を離さないのだけれど、それでも郁子おばさんは、お父さん、ぐずぐずしてなかなか腰あげようとしないもんだからね、うちには育ち盛りの娘が四人もいるんですからねって、そう言ってやったのよ、とつづけて、すると香帆子ちゃんはふいと顔をあげて、育ち盛りの娘は三人でしょ、とにやりと笑って答えるものだから、私の胸はぐさりと鋭い痛みを覚えて茶碗を持つ手は震えてしまうのだけれど、そりゃあもう、あたしは娘っていえるような歳じゃないわよ、と答えるのは私ではなく麗衣子ちゃんで、香帆子ちゃんの視線のさきにいるのも私ではなく麗衣子ちゃんで、すると麗衣子ちゃんは香帆子ちゃんを見かえして、そういうあんただって、もう育ち盛りっていう歳でもないでしょ、すぐに下り坂よ、とつっけんどんに言いかえして、すると香帆子ちゃんが、やっぱり大人の女の言葉は重いよねえ、経験値がちがうからかねえ、と厭味たっぷりに言いかえして、そんなふたりの言いあいに挟まれる郁子おばさんは口をはさまず、眼だけをうろうろと泳がせている。

あのねえ、なにが言いたいわけ？　と睨みつけるように眼に力をこめて麗衣子ちゃんが訊けば、香帆子ちゃんは微笑を引っこめ挑むような真顔になって、男と駆け落ちしたでしょ？　と冷淡ともいえる調子で訊きかえす。

麗衣子ちゃんは、ふう、とおおきなため息を洩らすだけでなにも答えず、すると郁子おばさんはやはりうろうろと眼を泳がせながら、ちょっと、食事の席なんだし、ねえ、ふたりともやめようよ、とおろおろと言うのだけれど、香帆子ちゃんは、あたしは全然そんなことないけど、でもみんな心配してたんだからね、お母さんなんて全然寝てないから眼だってまっ赤に腫れちゃってるじゃない、勝手に出てってさあ、勝手に帰ってきて、勝手なことばっかして、なんも言うことないわけ？　と箸をとめたまま口をとめることなく麗衣子ちゃんにむかって言葉を浴びせかけて、すると郁子おばさんは赤く腫れあがった眼をますます赤くして、そのまま顔を伏せるようにしてうつむけて、両肩をわなわなと震わせてしまう。

そりゃあ、あたしだって悪かったとは思ってるわよ、でもたった三日のことじゃない。

日数の問題じゃないの、もうずっと帰ってこないかもって思わせちゃったことが問題なの。

だから悪かったって、そう言ってるじゃない。

それが謝る態度とは思えないんだけど、まああたしに謝られてもしょうがないし、それよりやっぱり男と駆け落ちしてたわけ？

駆け落ちって、三日帰ってこなかったくらいで。

だから日数の問題じゃない。

駆け落ちだなんて大げさよ。

でも例の既婚男と一緒だったのは事実よね？

それはまあ。

認めるのね？

ええ、認めるわよ。

じゃあやっぱり駆け落ちしたっていうか、しようとしてたんじゃない。

だからそんな大げさなことじゃないってば、ちょっとのあいだふたりで出かけようって、ただそれだけのことなんだから。

でも金曜と、それからきょうだって無断欠勤してるでしょ？

まあ、そうね。

男のほうも無断欠勤？

まあ、そうなのかな。

だったらあんたたちにとってはちょっとした旅行のつもりでも、会社にはもう戻れないじゃない。

どうして？

どうしてって、会社っていうか、社会ってそういうとこでしょ。

あんたにどうして社会がわかるのよ、社会人でもないくせに。

それくらいわかるわよ。

戻れないなら、そのときは新しい仕事を見つければいいだけよ。

そんな簡単なことじゃないでしょ？

どうして？　仕事なんていくらでもあるでしょ。

たった数日の旅行のためにそこまでするなんて、頭おかしいんじゃない？

それくらいどん詰まってたのよ。

やっぱりさあ、ほんとは帰ってくるつもりなんてなかったんじゃないの？　仕事だって、どこにいったかは知らないけど、むこうで見つけるつもりだったんでしょ？

そうね、そうかもね。

じゃあどうしてこんなにすぐ帰ってきちゃったのよ？

うーん、どうしてだろう、なんかもうどうでもよくなっちゃったんだよねえ。

男が？

それもそうだし、どん詰まってたこととかも。

どうしてたった三日でそうなっちゃうわけ？

それがあたしにもよくわかんないんだけどね、手に入んないのがわかってて、だからこそ夢中になっちゃうっていうか、そういうことってあるじゃない。

そんな簡単にまとめないでよ。

だからよくわかんないんだけど、なんか惨めな思いして、しくしく泣いてたときのほうが全然夢中になってたっていうか、いざ相手が奥さん捨てるつもりで眼の前にあらわれちゃうとさあ、もう普通の男と変わらないじゃないって、そう思っちゃったっていうか。

なによそれ、全然わかんないわよ。

あんたはまだお子ちゃまだからね、酸いも甘いもわかんないのよ。

そんなの一生わかんなくたっていいし、わかりたくもないわよ、ねえお母さん、ちょっと信じらんないよねえ？

それで？　あんた会社はどうするつもりなの？

うーん、いちおうあしたにでも電話して謝ろうかなあって思ってるんだけど、でもなんかやだなあ、香帆ちゃん、かわりに電話してくんない？

ちょっとふざけないでよ、いやよそんなの。

声まねしたらわかんないわよ。

そういう問題じゃないでしょ。

そうよ、あんたが自分でしなさい。

でも会社に許してもらったとしても、男のほうも戻ってくるんでしょ？　居づらくないの？

それは部署もフロアもちがうからね、大丈夫だと思うけど、そもそも戻ってくるかもわかんないのよ、奥さんともいろいろあるだろうし。

あんた、そんなひとごとみたいなこと言ってちゃだめよ、ほんとならその奥さんのほうにもお詫びしないといけないんじゃないの？

ちょっとお母さん、それはさすがに。

そう？　だって迷惑かけたんだしねえ。

そうなんだけど、それは麗衣ちゃんじゃなくて、その、旦那さんのほうに任せておくとして、でもいろいろと厄介ごとはつづきそうねえ。

ねえ、なんかもうほんとにどうでもよくなってきちゃうよねえ。

同意を求めないでよ、あたしは麗衣ちゃんとはちがった、まっとうな道を歩むんだから。

あらまあ、それは頼もしいわねえ。

なによその言いかた、軽率な行動とるからこんなことになるんでしょう、ちょっとは反省しなさいよ。

もうちょっとしたらちゃんと反省しますよ。

やだなあ、投げやりになっちゃって。

ほらほら、とりあえずご飯済ませちゃって、それからあんた、あしたも休むのはしょうがないけど、電話だけはちゃんとしなさいよ。

ええ、もちろんしますとも。


次の日、一限の国語の時間に夕乃ちゃんはあいかわらず背すじをまっすぐに伸ばして、《すると、エーミールは激したり、ぼくをどなりつけたりなどはしないで、低く、ちえっと舌を鳴らし、しばらくじっとぼくを見つめていたが、それから『そうか、そうか、つまり君はそんなやつなんだな』と言った。》とヘルマン・ヘッセの『少年の日の思い出』を歌うように朗読するのだけれど、すると私の脳裏にふいと浮かびあがるのは、きのうの帰り際に薄暗い西館の玄関で春日さんと植松さんと宮内さんの三人に囲まれ、うつむいていた夕乃ちゃんの姿で、あのときなにもできなかった私は夕乃ちゃんに、まさにエーミールの言葉を借りる形で、《そうか、そうか、つまり君はそんなやつなんだな》と言われているような気がして、その声色が心地よいほどに邪心のない朗らかなものであるだけに、よりいっそうの残酷さで胸に迫りくるようで、だから胸のざわめきはすぐに吐き気となって私に襲いかかって、だからチャイムが鳴るのを待たずに私は手をあげて、気分が悪いことを臼井先生に伝えれば、よろめくように席を立って保健室へとむかう。

二限が終わり、三限がはじまってもなお保健室のベッドで私は横になったまま、吐き気と胸のもやもやにもだえているのだけれど、ベッドを囲む薄ピンク色のカーテンをすり抜ける暖かな陽の光を浴びる私の体は次第にますますだるさにもだえて、ますます吐き気も強くなってきて、だからベッドから身を起こしてトイレにむかおうと上履きに足をとおせば、ちょうど保健室の扉がガラガラと音を立てて開いて、あの、ちょっと気分が悪くて、と律子先生に告げる声が薄ピンク色のカーテンごしにも聞こえてきて、その声の主が夕乃ちゃんであることがカーテンごしでもはっきりとわかる。

大丈夫？　と私の顔をのぞきこむようにして訊く夕乃ちゃんは、いつもの平然、というか超然とした顔つきではなく、なにをもってして普通というかはわからないのだけれど、それでも普通とすくなくとも私には思える、中学一年生の女の子らしい心配そうな顔つきで私のおでこに手をあてて、熱、あるのかなあ、とつぶやけば、律子先生が、さっきはなかったんだけどね、もう一回測っとこうか、と言って体温計を差しだしてくるので、体温計を脇の下にはさんですこしだけ待っていると、すぐに、ピ、ピ、ピ、と音がして、脇のドから体温計を抜けば液晶パネルには三十六度八分とさきほどより二分だけ高くなった数字が表示されていて、体温計を受けとる律子先生は、まあ大丈夫だとは思うけど、念のためきょうは早退しとく？　と言えば、私の正面に座って、あいかわらず澄んだまなざしで私の顔をのぞきこんでいる夕乃ちゃんはあいかわらず心配そうな顔つきで私の両手を包みこむように握って、すると夕乃ちゃんの体温が私の体のなかにもだんだんと染みわたるようで、次第に体はぽかぽかと火照りはじめて、それはさきほどまで感じていた寒気をともなう熱っぽさではまるでなくて、気づけば吐き気さえどこかに吹き飛んでいるのだ。

あたしも気分が悪いって、そう先生に言ってね、きちゃったの、と言う夕乃ちゃんに、全然気分悪そうには見えないけどねえ、でもきちゃったのねえ、と律子先生は苦笑いを浮かべて、奥の棚からカントリーマアムをとりだしてはお茶を淹れながら、今回は見逃してあげるから、あたしのことも見逃すのよ、と言って、三人ともに廊下のもの音に耳をすませながらカントリーマアムをつまんでおしゃべりしていると、やがて三限の終わりを告げるチャイムが保健室にも鳴り響いて、すると律子先生は私にむかって、どうする？　体調はよくなったみたいだけど、早退してもいいのよ、と言ってくれるのだけれど、私は、もう大丈夫です、すっかりよくなりました、と答えて、夕乃ちゃんと一緒に保健室を出て教室へとむかっているところで夕乃ちゃんが、きょう部活休んじゃおうよ、と言うので、どうして？　あたしはほんとに大丈夫だよ、と答えるのだけれど、夕乃ちゃんは、森にいこうよ、あたしが案内してあげるから、と言う。

私の暮らす街の南の境にはたしかに森があって、その森は私が通っていた多岐小の校庭からも眺めることができたのだけれど、小学校の先生は、危険だから、と子どもたちが森に足を踏み入れることを禁止していて、それは徹おじさんも郁子おばさんもおなじで、だから私は森のなかに足を踏み入れたこともなければ、森のむこうにある村にいったこともなくて、というより、森のむこうに村があることすら夕乃ちゃんと出会うまでは知らなかったのだけれど、その村は街ができるよりもずっと前からそこにあったということや、森はさらにその前の大昔からそこにあったということや、村にはいまも小学校は一校だけあるのだけれど、おなじように一校だけあった中学校は何年か前に廃校になっていて、だから中学生になった村の子どもたちはわざわざ隣街の桃が丘中まで通ってきているということや、そのうち「森の子ども」は夕乃ちゃんのほかにもいまはふたりいて、いずれも三年生の男子の先輩だという、そんないろいろなことを夕乃ちゃんから教えてもらったのはすこし前の日の部活が終わったあとのことで、夕乃ちゃんたちが共同生活を送っている、郁子おばさんがこのあいだ居間で言っていたところの「森の塾」には部外者というか、共同生活を送っているひと以外のひとが入ることは許されていないということもそのとき夕乃ちゃんから聞いていたことで、だから「森の塾」に隣接しているという森も部外者である私が立ち入ってはいけないのではないかと、そう夕乃ちゃんに訊いてみれば、夕乃ちゃんは、たしかにそうかもしれないけど、でも薫ちゃんなら大丈夫だよ、とけろりと言って、どうして私なら大丈夫なのかいまひとつわからないのだけれど、それでも私は、じゃあ、いこうかな、と夕乃ちゃんの誘いにのることにして、だから四限が終わって、私も夕乃ちゃんも三限目に保健室でカントリーマアムをぼりぼり食べたせいで給食を食べきるのにひと苦労しながらも時間をかけてなんとか完食すれば、ふたりして重たいおなかをさすりながら本館一階の職員室にむかうのだけれど、牧野先生はすでに職員室を出ていったあとだということを一年三組の担任の西崎先生から伝えられて、だからなおも重たいおなかをさすって重たい足を引きずりながら三階まで階段をのぼって美術室の扉を開ければ、五限の授業の準備をしている牧野先生の姿がすぐに眼に入って、だからげっぷが出ないように注意しながら、体調が悪くて、だからきょうは部活は休ませてください、と言うと、牧野先生はにやりと笑って、ふたりして体調悪くなるなんてねえ、あなたたち、ほんとに仲がいいのねえ、と言って、それからすぐに視線を机に戻して、休むのはわかったからはやく教室に戻りなさい、授業はじまっちゃうわよ、と言うので掛け時計を見あげると、いつのまにやらお昼休みも終わろうとしていて、美術室には二年生の先輩たちがぞろぞろとやってきはじめて、だから私と夕乃ちゃんは急いで、といってもやはり重たいおなかをさすりながら、一年五組の教室へと戻る。

学生服が汚れちゃいけないから、と夕乃ちゃんに言われて、だから着替えのためにいったん家に帰れば、居間でテレビをつけっぱなしにしてうとうととしている郁子おばさんのことはそのまま起こさずに出かけてしまおうと思うのだけれど、音を立てないよう忍び足で階段をあがろうとしているところでだしぬけに玄関のチャイムが鳴り響いて、どうせまた紗耶子ちゃんがアマゾンで頼んだ本かなにかだろうと思いながら荷物を受けとり居間の座卓の上に置けば、郁子おばさんは寝ぼけ眼をこすりながら、あら、もう帰ってきたの？と訊いてくるので、きょうは部活が休みでこれから友達と図書館で勉強してくる、というふたつの嘘をついて、すると郁子おばさんはあくびをする口もとを右手で隠しながら、そう、気をつけてね、と言うので、うん、と答えて階段をあがって、二階の奥の六畳間の、郁子おばさんと共同で使っているクローゼットから去年の夏に麗衣子ちゃんに買ってもらったサロペットジーンズをとりだせば、上はボーダーのカットソーを着ることにして、リュックサックのなかには『不思議の国のアリス』モデルのスタジャンをぎゅっと丸めて詰めこんで、さらには紗耶子ちゃんから借りている中原淳一が編集している『女の部屋』という古い雑誌も入れて、それから階段を下りて居間に入れば郁子おばさんはまたうとうととしているから忍び足になって居間を横切って、隣の台所のお菓子の入った棚からコアラのマーチとじゃがりことたけのこの里をリュックサックに入れて、それから冷蔵庫を開けて麦茶を水筒に移してこちらもリュックサックに入れればリュックサックはもうぱんぱんに膨らんだ状態で、せめてスタジャンだけでも置いていこうかと迷うのだけれど、でも夕暮れどきの森のなかはきっと冷えるだろうから、結局はぱんぱんのリュックサックを背負って、なおもうとうととしている郁子おばさんを起こさないようにまた忍び足で居間を横切って、玄関でニューバランスのピンク色のスニーカーを履けば、夕乃ちゃんと待ちあわせをしている南落合公園の隣のコープへと急ぐ。

コープの駐車場にはまだ夕乃ちゃんの姿はなくて、だから隣の南落合公園のゆるやかな丘をのぼって、屋根の下のベンチに腰かけぼんやりと道路のほうを眺めていると、やがて自転車に乗った夕乃ちゃんがこちらにむかってやってくるのが見えて、だからベンチを離れてコープの駐車場に戻れば、麻素材の白のシャツと紺のズボンというシンプルで清潔な恰好の夕乃ちゃんは肩で息をしながら、うちからだと上り坂だから、けっこうしんどいんだよね、と言っては無邪気に笑って、その笑顔にはいつもの学校での平然、というか超然としたところのない、中学一年生らしい無邪気さがあらわれているように私には感じられて、いままさに森へとむかおうとしているからこそ、そうやって無邪気に笑う夕乃ちゃんと、「森の子ども」と呼ばれている、というかみずからをそう呼ぶ夕乃ちゃんとのあいだに、なんというか、隔たりというか、裂け目のようななにかを見るようで、すると頭のなかがなんだかかき乱されるようで、思わずくらくらとしてしまうのだ。

森っていってもそんなに広い森じゃないからね、だから森を突っきって学校に通うことだってできるんだけど、でもそれはしちゃだめな決まりだから、と隣で自転車を押しながら歩く夕乃ちゃんはいつもよりも饒舌になって、そんな夕乃ちゃんの話を聞きながら私たちはコープから西へまっすぐ、多岐小を通り越して、二階建てのおなじような箱型の住宅が建ち並ぶ路地の奥まったところにある神ノ池のさらに奥の階段をあがったさきの桃が丘西公園に入るのだけれど、桃が丘西公園には屋根つきのベンチをとり囲むようにしてライオンやラクダやワニのオブジェがあって、白いすべり台のある芝生広場もわりかし広くて、それから公園は高台にもなっているから天気のいい日には南に海も見えて、だから小学生のころは私もなんどか遊びにきたことがあったのだけれど、公園に隣接している森のなかへは入らないようにと、いつも釘をさされていたから入ったこともなければ、そもそも公園と森とは金網のフェンスで仕切られているから入ることすらできないとずっと思っていたのだけれど、夕乃ちゃんはフェンス沿いに歩けば突然足をとめて、それからフェンスを押せば錆びたフェンスがぎいと鈍い音を立てて開いて、すると夕乃ちゃんは、ここが森への入り口なの、と私の眼をまっすぐに見つめながら言うのだけれど、ふいに開ける門戸に私はとたんに尻ごみしてしまって、そんな私の手をとる夕乃ちゃんはなおも澄んだまなざしでまっすぐに私を見つめながら、いこうよ、と言って、だから私はやはりためらいながらも、夕乃ちゃんのあとにつづいて森への一歩を踏みだして、すると世界は一変する。

コンクリートで塗り固められたような街と隣りあっていまも、ここにある、ということがにわかには信じ難いほどに、緑が息づく森はどこまでも深くて、耳が痛むほどの静謐さに包まれているのだけれど、木立の隙間より降り注ぐきれぎれの光線と、むっと立ちのぼる葉叢《はむら》の臭気からは初夏の気配さえすでに感じられて、足場の悪さもまるで気にせずすいすいと森の奥へと進む夕乃ちゃんの背なかを見失わないようなんとかバランスをとって枯れ葉に足音を立てながら、くねくねと曲りくねるけもの道を下っていけば、十分ほどで眼の前にあらわれるのはちいさな池で、すでに池の前で立ちどまっている夕乃ちゃんはふりかえって、着いたよ、と言う。

夕乃ちゃんの隣に並べばとたんに額や首すじや胸もとから汗の玉がどっと噴きだして、だからリュックサックから水筒をとりだしてごくごくとのどを鳴らしながら冷たい麦茶を飲み下すのだけれど、やがて耳に届きはじめるのはそこかしこで鳴り響くオオルリやシジュウカラのさえずりで、彼らの惜しみない合唱はずっと森のなかで鳴り響いていたはずなのに、険しいけもの道に足をとられないよう気を張りつめていた私の耳にはまるで届くことなく、でも池のほとりに立って息を整えるいま、ようやく耳を撫でるようなやわらかなその響きは私を癒やして、すると次第に汗もすうっと引いていく。

池の奥底からはウシガエルの鳴き声が不気味に轟いて、でもそんな不気味さも森を彩るひとつのピースなのだと思えばなんだか愛おしささえ感じて、だから水面をのぞきこもうと一歩を踏みだすのだけれど、泥濘《ぬかる》む池のほとりではスニーカーはにゅっと土のなかに沈みこんで、だから慌ててあとずさる私はなんとか首だけを伸ばせば、木々にとり囲まれて枝々を映す池の水面は土色に濁り、立ちのぼるすっぱいようなにおいがつんと鼻をついて、だからまたあとずさる私は泥濘む地面にまた足をとられてあわや尻もちをつきそうになるのだけれど、そのとき後ろからすっと差しだされるのは夕乃ちゃんの手で、その手は私の背なかを支えて、そのまま夕乃ちゃんは私の手をとり、池のほとりに生える一本の巨木のもとへと私をいざなう。

　夕乃ちゃんはリュックサックから水色のビニールシートをとりだして、巨木の脇の泥濘む地面の上にひろげれば腰を下ろして、薫ちゃんも座りなよ、とビニールシートを、ぽん、ぽん、と叩きながら私を見あげて言って、だから私も夕乃ちゃんの隣に腰を下ろすのだけれど、サロペットジーンズごしにも泥濘みのひんやりとした感触が伝わってきて、だからなんだか気色悪さにはやくも居心地が悪くなって、でもそれを夕乃ちゃんに伝えることはしないで、夕乃ちゃんの隣に座ってなんとか気をまぎらわせるためにあたりをきょろきょろと見まわせば、私の視線はおのずと傍らで天を突くように生える一本の巨木の根もとの、ぱっくりと口をあけた洞《うろ》に注がれて、すると私はすこしだけお尻を浮かせて首を伸ばせば、巨木の洞のなかの暗がりに眼をこらして、するとその洞はちょうど私をすっぽりと包みこんでくれるような気がして、だから夕乃ちゃんに、ここに入ってもいい？　と洞を指さし訊くのだけれど、夕乃ちゃんは、それはだめだよ、しちゃいけないことなの、とぴしゃりと言い放って、その冷ややかな口調にかすかにショックを受ける私は無言でまた水色のビニールシートの上に腰を下ろすのだけれど、やはりお尻はだんだん冷たくなってくるし、夕乃ちゃんはぼんやりと池の水面を見つめたままいつまでも口を開こうとしないし、だから居心地はますます悪くなるばかりで、だから私は夕乃ちゃんにむかって、夕乃ちゃんの先生って、夕乃ちゃんたちにどんなお話をしてくれるの？　とこれまで訊きたかったような、訊きたくなかったような、それでいて訊いてはいけないと、なんとなくだけれど思っていたことを思いきって訊いてみれば、夕乃ちゃんは、そうねえ、と右の人さし指をあごにちょんとあてて、中空にぼんやりと視線を投げかけたまましばらく黙りこくって、そしてやがて口を開く。

一番簡単に言うと、あたしはみんなでみんなはあたし、ってことなの、と夕乃ちゃんは言うのだけれど、私にはその言葉はまったく簡単なものではなく、だからうなずくことさえできずに夕乃ちゃんの横顔をじっと見つめたままでいるのだけれど、そんな私にはおかまいなしに、夕乃ちゃんは視線をまっすぐ前にむけたまま、さらなる言葉をつむぐ。

あたしをつくっているのはみんなで、みんなをつくっているのはあたしで、だからあたしはみんなでみんなはあたしで、だからみんなで助けあうこと、あたしだけの欲望にとらわれないこと、それが大切なことなの、そのためにもあたしたちはまずは一個のあたしという考えをなくして、あたしはみんなでみんなはあたしって、そう考えることで、あたしだけの欲望を捨てて、奪うのではなく与えることを覚えて、みんなで助けあって、分けあって、そうやって生きていこうって、先生が教えてくれるのはそういうことなの、とひと息に言う夕乃ちゃんはいったん呼吸を整えてから、ふたたび口を開く。

たとえば食物連鎖については小学生のときに習ったと思うけど、この森にも食物連鎖はあってね、植物の実や葉を虫が食べて、虫が死ぬとその死骸を今度は微生物が食べて、微生物は栄養を植物に送るから、今度は植物に実がなって、そうやってぐるぐるといのちは輪っかになって、そうやってみんなで自然のバランスを保って生きているのに、人間は強すぎるからいつも自分が食べることだけを考えて、食べられることなんてこれっぽっちも考えないで、だから自然のバランスも崩れてしまうの、だからあたしたち人間もほかの動物や植物の一員というか、友だちとして一緒に生きて、いずれ死ぬときにはそれまで与えて、生かしてくれたことを感謝して、今度はあたしたちが友だちに栄養を分け与えるの、そのために生きて、死んでいくんだって、そう考えることができれば、むやみに死ぬことを怖がる必要もないし、むしろそうやって死ぬことを乗り越えていくの。

いつもの淡々とした口調はどこへやら、いまや迫りくるように夕乃ちゃんはまくしたてて、でも裏腹にそのまなざしはどこか虚空を見つめているようで、だから夕乃ちゃんの言葉にうなずきながらもなんだか夕乃ちゃんのことが心配にもなれば、すこしだけ怖いとも思う。

だから夕乃ちゃんが口をつぐむタイミングで私はリュックサックのなかからたけのこの里をとりだせば、箱を開けて内袋を破いて、夕乃ちゃんの眼の前に差しだして、食べる？と訊いてみるのだけれど、すぐさまふいと思いたつのは、夕乃ちゃんはたけのこの里を食べるのだろうか？　というか、こういうものを食べてもいいのだろうか？　ということで、そう思うのはいましがたの夕乃ちゃんの熱弁というか、独演の余波になお気圧されてのことなのだろうけれど、なんというか、夕乃ちゃんは私とはまるでちがう世界に生きている、というようなことを考えはじめてしまっていることをいまやはっきりと意識していることにも気づいて、するとなんだかうしろめたい気分にもなるのだけれど、それは言うなれば、中学校の教室でクラスメイトたちが夕乃ちゃんにむける視線とおなじような視線を、いまや私も夕乃ちゃんにむけてしまっているのかもしれないという疑念を抱くからで、そんな疑念に怖気づく私はやはりほかのクラスメイトたちとなんら変わらないのではないかと思えば、たけのこの里を持つ手もわずかに震えはじめるのだけれど、夕乃ちゃんは箱のなかからたけのこの里をひと粒ひょいとつまんで口のなかに放りこめば、もぐもぐと咀嚼して、するともうひと粒ひょいとつまんで口のなかに放りこんでもぐもぐと咀嚼しながら、あたし、たけのこ派なんだ、薫ちゃんもやっぱりそうなの？　と見慣れた澄んだまなざしと、聞き慣れた淡々とした口調で訊いてくるので、だから私はとたんにほっとするというか、肩から力がいっきに抜けるようで、だから、そうだね、あたしもたけのこ派、と答えれば、箱からひと粒つまんで口のなかに放りこむのだけれど、チョコレートの甘さは口のなかでまるでひろがらない。

たったひと粒のたけのこの里で夕乃ちゃんはいつもの夕乃ちゃんに戻って、というか戻ったように私には思えて、だからあいかわらずビニールシートの下の泥濘みにお尻は冷たいままなのだけれど、不思議と居心地の悪さはもう感じずに、たけのこの里が空になれば今度はじゃがりこを夕乃ちゃんと一緒に食べて、じゃがりこを食べながら夕乃ちゃんは、じゃがビーって知ってる？　と訊いてくるので私は、知らない、と答えると、すっごいおいしいんだよ、今度一緒に食べようよ、と夕乃ちゃんは言って、だから私は、うん、と答えれば、今度はリュックサックのなかから中原淳一が編集している『女の部屋』をとりだしぱらぱらとページをめくれば、日に焼け茶色く変色しているページを木立の隙間から射しこむ陽光にあたかも日光浴でもさせるようにさらして、「美しいということ」というのが第四号の特集なのだけれど、そのなかの樫山文枝という女優のひとが書く「美しさに憧れて」という、もう何度も読んだ文章の一節を口にだして読みあげる。

《美しいものは壊《こわ》れやすく、はかないものが多い半面、苦しさや悲しさをなめ尽しても、なお失われない美しさもあるでしょう。

そういう、のりこえてゆく美しさに私は憧《あこが》れます。だからチェーホフの『かもめ』に出てくるニーナのような生きかた――、瞬間、瞬間に自分にはこれしか出来ないのだというような、ピンと張りつめた生きかたが美しく感じられ、とても惹《ひ》かれます。》

私の朗読を聞く夕乃ちゃんは、すてきな文章だね、と言えば私から雑誌を受けとってぱらぱらとページをめくって、「鎌倉の秋」というテーマのカラーページで手をとめるのだけれど、そこには由比ヶ浜だったり大仏がある高徳寺だったり鶴岡八幡宮だったり、つまりは鎌倉のいろんなスポットでモデルの女のひとを撮影した写真が載っていて、それぞれのページでモデルの女のひとはそれぞれにちがう洋服を着ているのだけれど、それぞれのページごとにモデルの女のひととおなじ洋服を着た中原淳一が描く女のひとのイラストが添えられていて、夕乃ちゃんは建長寺という鎌倉五山のひとつだという境内で、《秋の空にくっきりと浮かぶ屋根瓦《がわら》》を背景にモデルの女のひとがポーズをとっているページで手をとめて、モデルの女のひとは白のタートルネックのカットソーに、ウエストにふたつのおおきなボタンのついた赤いジャンパースカートを着ているのだけれど、雑誌に顔を近づけ食い入るように写真を見つめる夕乃ちゃんは、かわいいなあ、あたしもこんなお洋服が着たいなあ、とぽつりとこぼして、すると私が夕乃ちゃんの横顔に見るのは、さきほどコープの駐車場でも見た、中学一年生の女の子らしい無邪気さで、だから私はなおも顔を近づけ雑誌を見つめる夕乃ちゃんにむかって、学校でみんなに「森の子ども」って呼ばれて、つらくない？　とこれまであえて訊かなかったことを思いきって訊いてみれば、夕乃ちゃんは雑誌からさっと顔をあげて、私ではなく木立の隙間のむこうの空を見あげて、でもあたしは「森の子ども」だからなあ、とあっけらかんと言って、だから私は、じゃあこの森と、夕乃ちゃんたちとはどんな関係があるの？　とつづけて訊けば、今度は夕乃ちゃんは私のほうを見て、あたしたちね、金曜の夜にはみんなでこの森のなかを歩いて、この池のまわりで先生のお話を聞くんだよね、でもそれ以外のときはみんなはあんまりこなくて、でもあたしはここにいるのが好きで、でもいまは部活もあるし、中学校の勉強は小学校よりも難しいから昔みたいにはきてないんだけどね、と言うので私はふいと、部活に夕乃ちゃんが入りたがらなかったのは、禁止されているからだけでなく、夕乃ちゃん自身が森で過ごす時間を奪われたくないと考えていたからなのかもしれない、とそんなことを思って、夕乃ちゃんをなかば無理やり部活に入れたのは私なのだし、あのときの強引さはやましさとしていまもなお胸の内でくすぶっていて、だからいまさらながらに夕乃ちゃんにむかって、部活のことは、あたしやっぱり余計なことしちゃったよね、ごめんね、と謝るのだけれど、夕乃ちゃんは雑誌をぱたんと閉じて、全然薫ちゃんが謝ることじゃないよ、部活は楽しいし、森にはいまでも休みの日にはくるし、と言えば、あたしって、まさしく「森の子ども」のお手本だよね、と芝居がかった仕草で胸を張るその姿は愛らしくて、だから私の胸のつかえもようやっと下りたような、そんな気がして、すると頭上で、ホホー、と低い鳴き声が響けばフクロウが飛び立って、すると眼の前の池ではおおきな魚が水音を立てて、木立の隙間のむこうに見あげる空は日暮れ前の濃い紫色へと変化しはじめていて、気づけば森のなかも薄暗くなっていて、だから、そろそろ帰ろっか、と夕乃ちゃんに言えば、夕乃ちゃんも、そうだね、と言って、ふたりしてビニールシートについた土をぬぐってたためば夕乃ちゃんは自分のリュックサックにつめて、私は自分のリュックサックからスタジャンをとりだせばカットソーの上に羽織って、それから私たちはやってきた道を戻るのだけれど、夕乃ちゃんは私の歩調にあわせてゆっくりと道なき道をのぼってくれて、桃が丘西公園に戻れば空の紫色はますます濃く、深くなっていて、だから私たちはその場で手を振り夕乃ちゃんは自転車で村へ、私は歩いて街へと戻る。

あたし、やっぱり会社やめようと思うの、とローストチキンに添えられた、カリッと焼き色のついたローズマリーポテトを箸でつまみながら麗衣子ちゃんはそう言って、口のなかに放りこんでもぐもぐと咀嚼して飲み下せば、それとついでだからっていうか、ちょうどいい機会だから、この家も出ようと思うの、とも言う。

どうして？　会社のひとが許してくれなかったの？　と訊く郁子おばさんと、家を出るって、また駆け落ちでもするわけ？　と訊く香帆子ちゃんの声が重なって、苦笑いを浮かべる麗衣子ちゃんは、そうじゃないって、と答えて、すると、それならまたどうして？と訊く郁子おばさんと、だったらどこにいくつもりなのよ？　と訊く香帆子ちゃんの声がまた重なって、すると今度は紗耶子ちゃんが、ぷっ、と吹きだして、ふたりとも、もうちょっと落ちついて話聞いてあげなよ、と言えば、うるさいわねえ、あたしは落ちついてるわよ、と苛立たしげに言いかえす香帆子ちゃんを、まあまあ、紗耶の言うとおりだわね、ちゃんと聞きましょう、と郁子おばさんがなだめて、するとあらためて郁子おばさんは、で？　どうしてやめるだなんて言うの？　と麗衣子ちゃんに訊く。

べつに理由はあるようでないっていうか、なんとなく転職しようかなあって、そう思っただけよ、とそっけなく曖昧なことを言う麗衣子ちゃんに香帆子ちゃんが、理由がないなんて嘘つくのもいい加減にしなさいよ、あるでしょう、立派な理由がさあ、と案の定というか、なにかをほのめかすようにそう問いつめれば、あるようでないって麗衣ちゃんは言ってるんだし、だから理由がないとは言ってないでしょ、とあいかわらず冷静というか、さらりと言う紗耶子ちゃんに香帆子ちゃんは、あんたって子はねえ、文学の毒で脳みそやられちゃってんじゃない？　とますます苛立たしげに吐き捨てるようにして言えば、紗耶子ちゃんは、ちょっとそれ意味わかんない、文学はいま関係ないでしょ、とすこしだけむきになって言いかえして、すると、まあまあ、とふたりをなだめるのはやはり郁子おばさんで、いっこうに進まない妻と娘たちの話しあい、というか言いあいに徹おじさんはいっさい口をはさむことなく、にんじんのポタージュの入ったスープカップをいつまでも口もとから離さないばかりか、すこしずつその角度を傾けていって、いまや鼻さきまでもカップで覆われているのだけれど、不思議とスープがこぼれないのは、もうとっくに徹おじさんがスープを飲み干してしまっているからなのだろう。

だからね、べつにやめなきゃいけない理由なんてないんだけど、まあマンネリっていうかね、あたらしい環境にいくのもありかなって、なんとなくそう思ったのよ、とあらためて麗衣子ちゃんは仕事をやめることと花沢家を出ることの理由にならないような理由を述べたてて、すると郁子おばさんが、いまは不況なんだし、転職だってそう簡単にはいかないわよ、と言って、すると麗衣子ちゃんは、仕事なんて探せばいくらでもあるわよ、あたし英語もできるし、そういうのもいいかもね、とあらかじめ考えていたというより、いま思いついたといわんばかりの口調で言えば、香帆子ちゃんが、それなら海外にでもいくつもり？　と冗談めかして訊いて、すると麗衣子ちゃんは、それもいいかもね、とけろりとして言うので、さすがに徹おじさんも口もとからスープカップを離して、麗衣子ちゃんの顔をまじまじと見つめて、お前それ、本気で言ってるのか？　と訊く。

そういうチャレンジもありかなって、ほら、もう海外なんてあたりまえの時代なんだし、日本との距離だってあってないようなもんだし。

でもあんた、そんな簡単に通用するわけないでしょう。

そんなのやってみないとわかんないじゃない、イチローとおんなじよ、挑戦こそ人生よ。

そうだよねえ、あのひとだってまさかここまでやるだなんてねえ。

ちょっと紗耶、余計なこと言わないでよ。

いや、おれは最初っから世界一のプレイヤーになるって思ってたし、これからも打ちまくって、メジャーだけでも三千本、いや、四千本打ったりしてな。

お父さんも話そらさないで。

とみんなして口々に言いあうのだけれど、束の間口をつぐんでいた香帆子ちゃんが、バンッ、と座卓を強く叩けば麗衣子ちゃんを睨みつけて、本気の本気で海外にいくつもりなの？　とすごむような低い声で訊く。

まあいつかはいくかもしれないけど、もちろんすぐにってわけじゃないし、とりあえずは近くでマンションでも借りるつもりだから、ととりなすように麗衣子ちゃんが言うのは、それだけ香帆子ちゃんの顔色にも声色にもすごみを感じたからなのだろうし、そんな麗衣子ちゃんにたいして香帆子ちゃんはなおも睨みつけたままなにも言わず、かたや紗耶子ちゃんは、なんだあ、と言ってはそのあとにつづくはずの、つまんない、という言葉を口にはださずに顔にだして、かたや郁子おばさんと徹おじさんは、うーん、とそろって唸るので、麗衣子ちゃんは、ほら、薫ちゃんにもひとり部屋できたばっかだけど、まだお母さんのものとかいろいろ置いてあるでしょ、余計なものはあたしの部屋に動かしちゃっていいし、そのほうがもっと広く使えるでしょ、と言い足して、その言葉に私の胸は一瞬躍るのだけれど、でもそれは麗衣子ちゃんがこの家を出ていくことと引きかえであるということにどうにもすっきりしない気分にもなって、郁子おばさんと徹おじさんとおなじように、うーん、と唸ってしまう。

結局この日の夕食の席では結論はでない、というか徹おじさんも郁子おばさんも麗衣子ちゃんの転職と転居を認めるようなことは言わずに、香帆子ちゃんもずっともやもやとした顔つきで無言で箸を進めていたのだけれど、どうにもふわふわとしたもの言いをしていた麗衣子ちゃんの決意は実のところは固かったようで、紫陽花が街角で鮮やかに咲きはじめるころには仕事をやめて、花沢家を出ていくことになるわけなのだけれど、それはもうすこしだけさきの話なのだ。

ところで次の日の早朝、犬と一緒に散歩をしていたおじいさんが、南落合公園のゆるやかな丘をのぼって屋根の下のベンチにむかえば、そこには頭をコンクリートかなにかでぐちゃぐちゃにつぶされた猫の死体が横たわっていた、という噂話が私が登校するころには、すでに学校じゅうにひろまっているのだ。

6

朝のホームルームが終わるや、私の前の席の野々村君が右手を伸ばしてその前の席の沼田君の肩を、とん、とん、と叩けば、沼田君はふりかえって、すると野々村君は沼田君にむかって、猫のあれって、三年の楠木《くすのき》先輩っていう、あの森のなんちゃらってとこのひとがやったらしいよ、と声をひそめて言えば、沼田君も、それ、おれも朝練のときに聞いた、と野々村君とおなじように声をひそめて言って、それから黙りこむふたりは窓際の一番前の席で数学の教科書とノートと筆記用具を机の上にきれいにそろえて、背すじをまっすぐに伸ばして嶋先生を待つ夕乃ちゃんのほうに視線を移して、でも嶋先生はチャイムが鳴ってもなかなかやってこなくて、するとひそひそ話は野々村君と沼田君だけでなく、教室内のほかの席でもされはじめて、彼らの視線もまた野々村君と沼田君とおなじように夕乃ちゃんに注がれて、それでもやはり夕乃ちゃんは背すじをまっすぐに伸ばしたまま、嶋先生がやってくるのをじっと待っている。

おなかが痛いので、と二限の英語の時間に岡田先生にそう伝える私は教室を出て、保健室にむかえば、またきたの？　と律子先生はあきれるように言いながらも心配そうに顔色を曇らせるのだけれど、その心配は私のおなかの痛みにたいしてではなく、私と学校、あるいは私とほかの生徒たちとの折りあい、のようなものにたいしてなのだろうと、そんなことをなんとなくだけれど私は感じて、学校生活になにかしらの問題を抱える生徒の逃避さきとして、まずは保健室が選ばれるのはままあることだろうし、だからいまや律子先生は私に、不登校の前ぶれ、のようなものを見いだしているのかもしれないのだけれど、私自身はいまのところは不登校どころか、教室から保健室に逃避しなければならないような問題を抱えているわけでもなく、それからもちろん、というのもおかしな言いかたなのかもしれないのだけれど、とにかくいまはおなかが痛いわけではなく、保健室にいればきのうとおなじように夕乃ちゃんもやがてやってきてくれるのではないかと、そんな期待を抱いてベッドに横になっているだけのことで、それでも二限が終わっても、三限がはじまってても夕乃ちゃんは保健室にはやってこなくて、熱は何回測っても三十六度五分のままだし、きょうはカントリーマアムはだめよ、と律子先生は言うし、だから仕方なく四限がはじまる前に教室にむかえば、今度は社会の教科書とノートと筆記用具を机の上にきちんと並べ置く夕乃ちゃんがやはり背すじをまっすぐに伸ばして、佐伯先生がやってくるのをじっと待っている。

お昼休みの終わりがけに音楽室へとむかう前に、教室を見わたしても夕乃ちゃんの姿は見あたらなくて、だから仕方なしにひとりで教室を出ようとしているところで、薫ちゃん、体調大丈夫？　と背後から声をかけられて、ふりかえればそこには音羽ちゃんがいて、だから私は、うん、大丈夫だよ、と答えれば、私たちは一緒に教室を出て横並びになって廊下を歩きだして、すると音羽ちゃんは私の顔をのぞきこむようにして、ほんとに大丈夫？　きのうも保健室いってたし、と不安げに眉を寄せてふたたび訊いてくる。

ほんとに大丈夫だよ。

ほんとに？

ほんとのほんと、あのね、ナイショだけど、ちょっとサボっちゃっただけだから、と言う私は右の人さし指を口もとでぴんと立てれば、音羽ちゃんは、なんだあ、とほっとした様子で笑って、それなら安心ね、と言うのだけれど、そういえば南方《みなかた》さんも、きのう保健室にいってたよね、あれもサボりなの？　と訊いてくるので、私はわざとらしく声をひそめて、そう、でもそれもナイショだからね、と言う。

そうだったんだ。

うん。

薫ちゃんと南方さんって、仲いいよね。

うん、そうだね。

なんか中学に入ったら勉強も部活も忙しいし、あたしたち、昔みたいに遊べてないね、と西館と本館をつなぐ渡り廊下にさしかかったところで音羽ちゃんがそう言えば、その言葉に私の胸はすこしだけ疼いて、それでも私はつとめて明るく、昔だなんて大げさだよ、小学校を卒業したのだってたかだか一か月くらい前のことじゃない、と言うのだけれど、渡り廊下を渡りきって、階段の手前まできて私はふいに足をとめてしまって、すると音羽ちゃんも足をとめて、どうしたの？　と訊いてくるので私は、夕乃ちゃんのことなんだけど、と言って、それからすぐに、いや、夕乃ちゃんじゃなくて、楠木先輩っていうひとのことなんだけど、と言い直して、なんか知ってる？　と音羽ちゃんに訊く。

あたしもよくわかんないんだけど、と前置きをしたうえで音羽ちゃんは、きょうの朝練のときにね、三年の先輩たちがその楠木先輩ってひとのことで噂話っていうか、南落合公園で散歩中のおじいさんが猫の死体を見つけて、それでおじいさんは逃げてく楠木先輩も見たって、そんな話をしててね、と歯切れ悪くもつづければ、どうしておじいさんが見たのが楠木先輩だってわかったの？　っていうか、そもそも南落合公園でおじいさんが猫の死体を見つけたっていうのもどこから出てきた話なの？　と矢つぎばやに訊く私は思わず問いつめるような口調になってしまって、だから音羽ちゃんはますます困ったように、だからあたしもよくわかんなくて、でも先輩たちがそう言うから、と眼を伏せて声を落とせば、五限のはじまりを告げるチャイムが薄暗い廊下に鳴り響いて、だから私は、ごめん、音羽ちゃんが知ってることじゃないよね、と言うと音羽ちゃんも、ううん、力になれなくてごめんね、と言って、それからふたりして階段を駆けあがって音楽室へと急ぐ。

音楽室のスピーカーからはおおきな音でヴィヴァルディの『春』が流れて、その厳かで華やかで繊細な旋律はおおきな音だからこその迫力をともなって、それは香帆子ちゃんの部屋のスピーカーから流れるロックやポップスとはひと味ちがった魅力で胸に迫ってくるのだけれど、クラスメイトたちは音楽よりもいまだ噂話に心を奪われているようで、だからおおきな音を隠れ蓑にするようにしてみんなが顔を寄せあい、眼配せをしながらそこかしこでささやかれる、楠木先輩、という言葉は旋律の隙間を縫うようにして私の耳にも届いて、教室の前の壇上に置かれたグランドピアノの脇の椅子に腰かける矢澤先生はそんな彼らに注意をすることもなく、眼を閉じながらうっとりと音楽がもたらす悦楽に身をゆだねていて、それから音楽室でも窓際の一番前の席に座る夕乃ちゃんもまた、みんなの噂話の輪には加わらないことを態度でしめすかのように、というか端《はな》から興味すら持っていないかのように、いつものようにまっすぐに背すじを伸ばして、矢澤先生とおなじようにスピーカーから流れる音楽に耳をすませて、私はそんな夕乃ちゃんの背なかを見つめつづける。

ガリッ、ガリッ、あるいは、ザッ、ザッ、と先輩たちが画用紙に鉛筆や筆を走らせる音がきょうはやけに美術室のなかでおおきく響きわたるようで、でもその耳障りなはずの音がおおきく響けば響くほど、なぜだか私はほっと胸を撫で下ろすのだ。

それでも、ふう、とおおきく息を吐きだせば、眉間に力をこめて前をむくのだけれど、真正面に座る夕乃ちゃんと眼があえば、なぜだかとたんに腰が引けるようで、だからとっさに夕乃ちゃんの口もとに視線を移して、だから画用紙には夕乃ちゃんのぷっくらと赤い唇の線ばかりが重ねられていって、だから絵のなかの夕乃ちゃんの唇は実際にぷっくらとしている夕乃ちゃんの唇よりもさらにぷっくらとしてしまって、だから私は消しゴムで線を消してはまた唇の線を描いて、とその繰りかえしばかりで、結局は夕乃ちゃんの眼をまともに見ることもできないまま部活の時間は終わるのだけれど、席を立つ私にむかって夕乃ちゃんはいつもと変わらない淡々とした口調で、猫、見て帰ろうよ、と言うので、やっとのことで私は夕乃ちゃんの眼を見て、うん、そうだね、と答えるのだけれど、きょう一日のごたごた、というかもやもやとした気分のなかで、夕乃ちゃんとは会話どころか眼をあわせることすらできなかったからなのか、私を見つめる夕乃ちゃんの澄んだまなざしは私を吸いこんでしまいそうな、そんな不思議な魅力というか、力を持っていることにあらためて気づかされて、だからついじいっとそんな夕乃ちゃんのおおきな瞳に見入ってしまうのだけれど、するとやがて夕乃ちゃんは微笑みながら、どうしたの？　と訊いてくるので、私はとっさに眼をそらして、ううん、なんでもない、と答える。

校庭ではみんながいまだに声を張りあげながら部活動に励んでいて、そんな喧騒の傍らを足早に通りすぎる私と夕乃ちゃんは、校庭の隅の、あまり陽のあたらない花壇の前で並んで屈みこんでは、チッ、チッ、チッ、と舌を鳴らして猫を呼ぶのだけれど、左眼が黄色で右眼が青色の白猫と、おでこから眉間にかけて黒の一本線の入った白猫はどちらも花壇の奥からいっこうに姿をあらわさなくて、すると夕乃ちゃんが、ミルクー、シナモーン、といつもの夕乃ちゃんの声よりもずっと高い声色で呼びかけて、でも私が驚くのはその声の高さではなく夕乃ちゃんが猫に名前をつけていたことで、二匹の白猫のうち、どちらがミルクでどちらがシナモンなのかわからないまま、名前、あるんだね、と言う私に夕乃ちゃんはうわの空で、うん、とだけ答えれば、また、ミルクー、シナモーン、とまさしく猫撫で声で呼びかけるのだけれど、二匹の猫はいつまでも私たちの前に姿をあらわすことなく、すると部活を終えて帰宅する生徒たちの姿が遠くのほうでちらほらと見えはじめる。

翌朝、眼を覚ませばとたんに軽いめまいを覚えて、朝ごはんを食べ終えてもめまいはなおつづいて、だから居間からみんながいなくなっても私はひとり残ってぼんやりとテレビを見るともなく見ていると、台所から顔をだす郁子おばさんが、どうしたの？　具合でも悪いの？　と訊いてくるので、私は正直に、頭がくらくらする、と答えれば郁子おばさんはさっと顔色を曇らせて、私の前で畳の上に膝をついて、私のおでこに手をあてて、熱はなさそうね、と言うのだけれど、念のためと薬箱から体温計をとりだし私に差しだして、体温計を受けとる私は脇の下にはさんでしばらく待っていると、ピ、ピ、ピ、と音が鳴って、すると液晶パネルには三十六度三分といつもとそれほど変わらない数字が表示されていて、体温計を受けとって液晶パネルを見る郁子おばさんはちいさく息を吐けば顔色をふっとやわらげて、やっぱり熱はないみたいだけど、きょうは学校休んどく？　と訊いてくるので、私は、そうする、といまだ軽いめまいを覚えながらにぼんやりと答えて、すると、いちおう病院もいっとこうか、すぐ片づけ済ませちゃうからね、と言う郁子おばさんは立ちあがって台所にむかおうとするのだけれど、ううん、大丈夫だから、と私が告げると郁子おばさんはまた顔色を曇らせて、でもいっといたほうがいいわよ、なにがあるかわかんないし、と言うので、私は立ちあがって、もうちょっと寝たら治ると思うから、と言えば居間を出て、転げ落ちないように注意しながら階段をのぼって、二階の奥の六畳間の敷きっぱなしにしてあった蒲団に倒れこむようにしてもぐりこむのだけれど、めまいにゆれる頭のなかにぼんやりと浮かびあがるのは律子先生の顔で、きのう保健室で律子先生は私の体調ではなく、私が学校生活でなにかしらの問題を抱えているのではないかと、そんな心配をしているように私には感じられたのだけれど、すくなくともいまのところはそんなことはない、と私自身がそう考えてはいるのだけれど、でもきょう私が学校を休んでしまえば律子先生はますます律子先生のなかで考えを固めて、ますます私のことを心配するようになって、すると私はこれからさき、授業を抜けだし保健室に休みにいけなくなる、ということはないだろうけど、でもいきづらくはなるような、そんな気がして、私にとって保健室にいくのははっきりとした逃避というほどのことではないにせよ、でもゆるやかな逃避ではあるのかもしれないとあらためてそう考えれば、それは今後の学校生活を送るうえで守っていかなければならないことのような気がして、だから律子先生が私にたいして抱く見解はあながち間違ったものではないのかもしれないという気もなんだかしはじめて、でもやはりそれは不登校につながるような深刻な問題ではないと、やはりすくなくとも私自身はそう考えていて、と蒲団のなかで頭はさらにぐるぐるとまわりはじめて、このままだと朝食をもどしてしまうことにもなりかねなくて、だから面倒な考えはつとめて頭のなかから追い払おうとするのだけれど、そうすればするほど頭のなかのぐるぐるは音さえ聞こえてきそうなほどにさらにぐるぐると渦巻いて、思わず頭を抱えこむ私はまるで助けを求めるかのように夕乃ちゃんの顔を思い浮かべようとして、すると夕乃ちゃんは頭のなかにひょっこりと姿をあらわしてくれるのだけれど、同時にまだ見ぬ楠木先輩、というか楠木先輩とおぼしき影もひょっこりと姿をあらわせば夕乃ちゃんの隣に並び立って、すると次いで姿をあらわすのは、校庭の隅の、あまり陽のあたらない花壇の奥にいるはずの左眼が黄色で右眼が青色の白猫と、おでこから眉間にかけて黒の一本線の入った白猫で、

郵便はがき

料金受取人払郵便

小石川局承認

1042

差出有効期間
令和4年3月
31日まで

112-8731

〈受取人〉
東京都文京区
音羽二—一二—二一

(株)講談社
文芸第一出版部 行

ご購読ありがとうございます。今後の出版企画の参考にさせていただくため、アンケートにご協力いただければ幸いです。

お名前

ご住所

電話番号

このアンケートのお答えを、小社の広告などに用いさせていただく場合がありますが、よろしいでしょうか？　いずれかに○をおつけください。

【 YES　　NO　　匿名ならYES 】

＊ご記入いただいた個人情報は、上記の目的以外には使用いたしません。

TY 000072-2003

書名

Q1. この本が刊行されたことをなにで知りましたか。できるだけ具体的にお書きください。

Q2. どこで購入されましたか。

1. 書店(具体的に：　　　　　　　　　　　　　　　　　　　　　　)

2. ネット書店(具体的に：　　　　　　　　　　　　　　　　　　　)

Q3. 購入された動機を教えてください。

1. 好きな著者だった　2. 気になるタイトルだった　3. 好きな装丁だった

4. 気になるテーマだった　5. 売れてそうだった・話題になっていた

6. SNSやwebで知って面白そうだった　7. その他(　　　　　　　　　　)

Q4. 好きな作家、好きな作品を教えてください。

Q5. 好きなテレビ、ラジオ番組、サイトを教えてください。

■この本のご感想、著者へのメッセージなどをご自由にお書きください。

ご職業　　性別　　年齢

男・女　　10代・20代・30代・40代・50代・60代・70代・80代～

二匹の猫のどちらがミルクで、どちらがシナモンなのかはいまだにわからないのだけれど、二匹の猫は楠木先輩とおぼしき影と夕乃ちゃんを見あげて、みゃー、みゃー、と鳴いて、楠木先輩とおぼしき影と夕乃ちゃんはふたりして屈みこんではふたりして猫の頭を撫でて、ふたりして笑いあって、そんなふたりを眺めていると自然と私も笑みがこぼれて、するとやがてぱちぱちと跳ねる音が耳に届いて、眼を開いてのそのそと蒲団から這い出て、窓を開ければ外の景色はしとしとと降る雨にけぶっている。

一階に下りて居間に顔をだしても郁子おばさんはいなくて、隣の台所にもいなくて、しんと静まりかえる居間のなかでは十時半のあたりをさしている掛け時計の針がかちかちと奇妙なほどにおおきな音を立てて、するとどういうわけだか、前にいったときか、あるいは前の前にいったときかははっきりとは思いだせないのだけれど、いずれにせよ、もうちょっとで完成だからね、と私にむかってなのか、あるいはキャンバスのなかの私の肖像画にむかってなのか、あるいはその両方にむかってなのかはわからないのだけれど、とにかくそう言っていた加賀美のおじさんの顔がふっと思い浮かんで、だからメロディが私の知っているメロディでなくなってしまったことや、加賀美のおじさんと圭子さんが喧嘩をしていたことを思いだしてはいまも気後れがして、だからもうずいぶんと加賀美のおじさんの家から足が遠のいてしまっているような気がするのだけれど、でもみんなのことを心配に思う気持ちもたしかにあって、だから私は加賀美のおじさんの家にいこうと思いたって、二階にあがって白いカーディガンを羽織るのだけれど、やはり気後れにぐずぐずとした気分はどうにも払拭できなくて、それに小雨はいまも降りつづいて中庭の土は泥濘んでいるだろうし、塀もたくさん雨を吸って湿っているだろうし、だからいつものように中庭の塀を乗り越えていくのはやめて、雨雫の模様の入った紫色の雨傘を手にして赤いレインブーツを履いて玄関を出て、家の前の路地をぐるりとまわってのろのろとした足どりで加賀美のおじさんの家にむかえば、そのまま門をくぐって玄関のチャイムを押して、するとすぐにすりガラスのむこうに人影が見えて、その人影は玄関の戸をガラガラと音を立てながらゆっくりと開けて、それから、やあ、薫ちゃん、と微笑みながら言う。

加賀美のおじさんは、やあ、薫ちゃん、と言ったきりとくになにを言うこともなく、使いこまれて座面も脚も黒くくすんだ木の丸椅子に腰かけて、キャンバスにむかって筆を、ザッ、ザッ、と音を立てて走らせて、だから私もいつものようにシングルソファから浮いた両脚をぶらぶらとさせることくらいしかやることがなくて、同時に膝の上にメロディが飛び乗ってくるのを待つともなく待っているのだけれど、いつまで経ってもメロディはアトリエに姿をあらわさないばかりか、なんだかその気配すら感じられないように感じて、だから、メロディはどこにいるの？　と加賀美のおじさんに訊こうとするのだけれど、眉間に皺をよせて、眼に力をこめて、キャンバスにむかって筆を、ザッ、ザッ、と走らせる加賀美のおじさんを前にすると言葉は喉の奥のほうに引っこんでしまって、それから南落合公園で猫が死体で見つかったらしいということや、夕乃ちゃんがミルクとシナモンと名づける、校庭の隅の花壇の奥にいるはずの二匹の白猫がきのうはいつまでも姿をあらわさなかったことを思いかえせば、メロディのことをたずねることにもなんだか気後れがして、というか怖くて、だからやっぱり両脚をぶらぶらとさせながら、いつもであれば膝の上にあるはずの重みや温かみがないことによって、なんというか、メロディのことをよりはっきりと意識してしまって、だから両の手のひらをひろげて膝の上にいないメロディを撫でさするような仕草を、たぶん無意識のうちに、というのはおかしな言いかたなのかもしれないのだけれど、でもそうしていると、加賀美のおじさんは筆を走らせる手をふいととめて、眉間の皺もゆるめて、メロディはね、すこしのあいだ圭子と一緒にちょっと遠くにいっててね、でもちゃんと元気になって帰ってくるからね、と言うので、だから私は、それならいまは元気じゃないのかな？　と思うのだけれど、それも口にだせずにいると加賀美のおじさんはすぐさま、大丈夫だよ、心配することなんてないからね、薫ちゃんには心配かけちゃったよね、ごめんね、と言って、だから私は首を横に振って、すると加賀美のおじさんは穏やかに微笑んだままキャンバスにむきなおって、いつもよりもひかえめな、サッ、サッ、という音を立てて、肖像画のつづきにとりかかる。

ほんとにもうすこしで完成だよ、ここまでよくがんばったね、とアトリエの隣の居間で茶色い皮の饅頭を食べながら加賀美のおじさんはそう言って、つづけて加賀美のおじさんは、薫ちゃんは描きがいのあるモデルさんだからね、これからも成長していく姿を描かせてほしいと思ってるんだ、と微笑みながらも真剣なまなざしで私の眼をしっかりと見据えてそう言うので、私は緑茶を飲みながらうなずくことしかできないのだけれど、このさきキャンバスに描かれていくであろう、成長していく私の姿を思い浮かべようとしても、それは濃い霧のむこうにぽつんと佇むひとのように輪郭すらもおぼつかなくて、それでも私の成長は、加賀美のおじさんがキャンバスに描いていく私の肖像画の成長に任せてしまえばいいのだ、となんだか自分でもよくわからない考えがふいと思い浮かんでは、なんだか不思議と心はすーっと軽くなるのだ。

加賀美のおじさんの家を出ると雨はすっかりやんでいて、アスファルトから立ちのぼる酸っぱいような苦いようなかび臭いような、そんな雨あがりのにおいを胸いっぱいに吸いこんで、太陽の光にきらきらと輝く水たまりを踏みつけないようよけながら、わけもなく駆け足になって花沢家に戻るのだけれど、浮き足立つそんな私を待ち構えているのは顔をしかめて私を睨みつける郁子おばさんで、郁子おばさんは、具合が悪いのに、勝手に出かけちゃだめでしょ、と私を叱るのだけれど、ごめんなさい、と謝る私にむかって郁子おばさんはすぐさま不安げな様子で、それで？　あれから悪くなってない？　と訊いてくるので、私は、もうすっかりよくなって、それで加賀美のおじさんの家にいってただけだから、と答えると、郁子おばさんは、そう、と安堵の色を顔に浮かべて深くため息をつく。

卵と豆腐の雑炊とオムライスと、どっちがいい？　と郁子おばさんはお昼ごはんについて私に訊いて、私はためらうことなく、オムライス、と答えれば、郁子おばさんはふわふわの卵にケチャップをかけたオムライスをつくってくれて、たちまちにして居間にはぷうんと甘い香りがひろがって、私は鼻の穴をひろげながらあつあつのオムライスをがつがつとかきこむのだけれど、そんな私の隣で郁子おばさんは、ほんとにすっかりよくなったみたいね、とあきれながらもやはり安堵の色を顔に浮かべて微笑んで、たちまちにしてお皿を空にする私は、ごちそうさま、と手をあわせれば、二階にあがって奥の六畳間の自室で開くのは紗耶子ちゃんから借りている中原淳一が編集している『女の部屋』で、ぱらぱらとめくるページからは秋の日の落ち葉のような、すこしだけ苦い香りが立ちのぼってはつんと鼻腔をくすぐって、するとと思いだすのは、夕乃ちゃんと一緒に森にいったついこのあいだのことなのだけれど、池のほとりの巨木の根もとで並んでビニールシートの上に腰を下ろして、一緒にお菓子を食べたり雑誌を読んだりしたことや、あるいは湧き水がこんこんと溢れるように言葉をつむぐ夕乃ちゃんの熱弁に耳をかたむけていたことがいまではもうずっと遠い日のことのように感じられて、でもそれがどうしてなのかははっきりとはわからない。

7

ぼくはみんなでみんなはぼくなんだ、それが先生の教えなんだ、だからぼくは猫で猫はぼくで、だからぼくが猫を殺すはずがないじゃないか、と身ぶり手ぶりも大げさに上履きのまま机の上に立って、芝居がかった仕草でまだ声変わりのしていない甲高い声を張りあげる宮藤君にクラスのみんなは大笑いで応えるのだけれど、私はそんな笑いの渦のなかにいてどうにも居心地が悪いというか、もっとはっきり言ってしまうと不快な気分にきのうのめまいさえぶりかえしてしまいそうで、同時に窓際の一番前の席でまっすぐに背すじを伸ばして、ホームルームがはじまるのを待っている夕乃ちゃんの背なかを見つめていると、夕乃ちゃんはいまどんな顔をしているのだろう？　と心配にもなって、すると突然の胸騒ぎに鼓動はどくどくと脈打ちはじめる。

きのう、私が学校を休んでいるあいだに楠木先輩は三年二組の教室で、宮藤君がしていた演説というか、主張をして、それでクラスじゅうの好奇の視線と嘲笑を一身に浴びた、ということはきょう、私が登校してから一年五組の教室でももっぱら話題になっていることなのだけれど、ホームルームが終わって、一限の英語の授業がはじまるまでのあいだにも引きつづき教室ではその話題で持ちきりになっていて、楠木先輩がほんとうに宮藤君がしたような演説というか、主張というか、そういうことをしたのかどうかはすくなくとも私にはわからないことだし、どうして猫を殺したのが楠木先輩ということになっているのかもわからないことで、そもそも猫の死体が見つかったという南落合公園で実際に猫の死体を見たというひとはすくなくとも私の知るかぎりではこの教室のなかにはひとりもいないし、それにこの街には桃が丘中のほかにも小学校や中学校や高校はあって、そう考えるともしかしたら桃が丘中以外のそれぞれの学校にも猫殺しの犯人とされているひとがそれぞれにいて、それぞれの教室ではいまごろそのひとの話題で持ちきりになっているかもしれないし、それに南落合公園で猫の死体が見つかったという噂話がほんとうのことであったとしても、犯人は子ども、つまりは小学生や中学生や高校生ではなく、どこかの大人の仕業の可能性だってあるわけで、それでも南落合公園で猫の死体が見つかって、猫を殺した犯人は楠木先輩であると、すくなくとも桃が丘中の一年五組の教室のなかではもう声をひそめることすらしないで、みんながそう噂しあっている。

四限の前の美術室への移動の時間をねらって、夕乃ちゃんに話しかけようとするもののタイミングを逃して、それから五限目は体育ではなく保健の授業で、男子は五組で六組の男子と合同で、女子は六組で六組の女子と合同で授業を受けるから私はそのまま五組で授業を受けることになるわけで、かたや夕乃ちゃんは移動をするといっても隣の六組にいくだけで、だからきょうはもう教室の移動の時間をねらって夕乃ちゃんに話しかけることができないのだけれど、するといまさらながらに気づくのは、私と夕乃ちゃんが教室のなかで会話をすることがどういうわけだかあまりというか、ほとんどないということで、そう思うとますます授業の合間の休み時間にも気軽に話しかけにいきづらく思えてくるのだけれど、それは夕乃ちゃんだけでなく音羽ちゃんにたいしてもそうであることにいまさらながらに気づいて、小学生のころの音羽ちゃんは男の子たちとも一緒になってよく笑って、よく遊ぶ女の子だったのだけれど、セーラー服を着るようになったいまではおなじセーラー服を着ている女子生徒同士で固まって話していることが多くなって、このあいだ一緒に音楽室にいったのはすごく久々というか、めずらしいことで、それは保健の授業で新山先生が黒板に赤色のチョークで書く、発育急進期、という時期にまさにいま私たちがいるからなのだろうかと、黒板の文字をノートに写しながらそんなことを考えて、さらに新山先生の説明によれば、発育急進期は二回あって、二回目は九歳から高校生ごろまでのことで、そのあいだに私たちはぐっと大人っぽくなるとのことなのだけれど、二回目の発育急進期は男子よりも女子のほうがはやくはじまることが一般的で、それから男子にも女子にも個人差があって、たとえばクラスの男子でもすでに声変わりをしている生徒もいればひげが生えてきている生徒もいて、でも私自身に関していえば、九歳のころから変わったことといえば身長が伸びたくらいで、でも伸びたといってもたいして伸びたわけでもなく、あいかわらず整列のときには一番前に並ぶのだけれど、とにかく私の二回目の発育急進期はまだはじまってはいないようで、かたや音羽ちゃんはもうはじまっているのだとしたら、それはふたりの関係は子どもと大人、というとすこし大げさなのかもしれないのだけれど、でも小学生のときとは微妙に変化していることはたしかで、その変化はこれからさき、もっとはっきりと眼に見える形であらわれてくるのだろうかと、そんなことをぼんやりと考えているうち、新山先生がはじめるのは生殖器官の成長についての説明で、すると教室内のそこかしこから押し殺した笑い声が洩れはじめて、そんな生徒たちの反応に新山先生はもう慣れっこになっているのか、表情を変えることなく淡々と説明をつづけるのだけれど、今度は私は一限から見つめつづけることしかできなかった夕乃ちゃんのそのまっすぐに伸びた背なかを思い浮かべては、私は夕乃ちゃんを男子と女子といった区別や、あるいは子どもと大人といった区別もなく、というよりそういった区別をまるで意識することなく見て、接していることをあらためて意識するのだけれど、それは夕乃ちゃんの二回目の発育急進期が私とおなじようにまだはじまっていないからなのか、あるいは、と考えたところで適切な言葉はなかなか思い浮かばず、ぼんやりと考えつづける頭のなかにぼんやりと浮かびあがるのは、紗耶子ちゃんからいつか借りたなにかの本のなかに書かれていたはずの、超越者、という言葉なのだけれど、たしかに夕乃ちゃんにはどこか、超越者、を彷彿とさせるようなところがあるにせよ、それでも私にとっては夕乃ちゃんこそがいまでは誰よりも私が私のままで接することのできる、普通の女の子というか、普通の子なのだ。

六限が終わってホームルームも終われば、夕乃ちゃんはてきぱきと荷物をまとめてあいかわらず噂話にざわついている教室をさっさとあとにして、だから私はてっきりさきに美術室にむかったのだろうと思って、こちらはとくに急ぐこともなく美術室の扉を開ければ夕乃ちゃんの姿は見あたらなくて、遅れてやってきた牧野先生に訊けば、あら、お昼休みにきょうは休むって言いにきたわよ、知らなかったの？　と言うので私はあいまいにうなずくことしかできないのだけれど、とにかく夕乃ちゃんとはきょう一日ひと言も言葉を交わすことができなかったわけで、だから夕乃ちゃんとはすくなくともあしたまで話すことができないとわかったいま、朝からつづく胸騒ぎはいまや鈍い痛みを覚えるほどに騒がしさを増していく。

だから眼の前には夕乃ちゃんはいなくて、だから私も画用紙にむかって夕乃ちゃんを描くことができなくて、だからしばらくぼんやりとしているのだけれど、そんな私を見かねてか升澤先輩がそばにやってきて、きょうはとりあえず、これでも描く？　と言って私の前にすっと差しだすのは蛍光灯の光をてらてらと照りかえす赤いりんごで、ぼんやりとしていた私は突然眼の前にあらわれるりんごにおどろいて、うひゃっ、と間抜けな声をあげてしまうのだけれど、升澤先輩はくすくすと笑いながら、どうしたの？　あたしべつに手品したわけじゃないよ、と言って、すると私も一緒になってくすくすと笑ってしまうのだけれど、とりあえずは升澤先輩の言うとおり机の上にりんごを置いて、それをあたらしい画用紙に描いていくことにして、だからしばらくのあいだは集中して、シャッ、シャッ、とりんごを見ながら鉛筆を走らせるのだけれど、いつのまにやら三年生の渡辺先輩と板谷先輩が私の背後に立って画用紙をのぞきこんでいて、上手になってきたね、と渡辺先輩が言えば、うん、いい感じ、と板谷先輩が言って、先輩たちに後ろから絵をのぞきこまれて緊張というか、プレッシャーに鉛筆を動かす手はおのずと鈍るのだけれど、それでもなんとか、シャッ、シャッ、とりんごをデッサンしていると、やがて板谷先輩が、南方さんってさ、あの例の、「森の子ども」っていうか、あそこの子なんだよね？　と私に訊く。

板谷先輩の質問にたいして嘘をついたらついたで面倒なことになりそうだし、それにそもそも嘘をつく理由なんてないのだから、私は、はい、とそれでもかすれるような声で歯切れ悪く答えると、先輩たちは顔を見あわせ、それから今度は渡辺先輩が、南方さん、楠木君のことなんか言ってなかった？　と訊いてくるので、私はやはりかすれるような声で、いいえ、と今度ははっきり答えると、先輩たちはまた顔を見あわせ、そっか、と渡辺先輩は言って、するとふたりは私を挟みこむかたちで四角い木の椅子に腰を下ろせば、楠木先輩が南落合公園で猫を殺したということや、教室内でクラスメイトたちにむかって演説をしたという、私も朝からさんざん自分のクラスで聞いた、というか勝手に耳に入ってきた噂話を生き生きと愉快げに語って、そんなふたりの話をただ黙って聞く私が思い浮かべるのは、ふたりとおなじ噂話をふたりとおなじように生き生きと愉快げに語りあう一年五組のクラスメイトたちの顔で、そんな彼らの姿と眼の前のふたりの先輩の姿を、絵を描く手をとめぼんやりと重ねあわせていると、ねえちょっと、聞いてる？　と肩を、ぽん、と叩かれて、思わずびくんと肩をはねあげる私に、びくんと手を引っこめる渡辺先輩が、え？　うそ、寝ちゃってた？　とおどろくように声をあげれば、板谷先輩があきれるような笑い声を立てて、ある意味すごい芸当だよね、とすこしだけ棘のある口調で言う。

でも花沢君、きのう学校休んだんでしょ？　もしかしていまも具合悪いんじゃない？　と渡辺先輩は私をかばうようにそう言うので、私は、いえ、大丈夫です、と答えて、すると渡辺先輩はさらに、南方さんは？　学校にはきてたみたいだけど、大丈夫かなあ？　とその、大丈夫かなあ、というもの言いに言葉の外にあるべつの言葉の気配をなんとなくだけれど嗅ぎとる私はそれでも、ええ、体調が悪いわけじゃなくて、なにか用事があるんだと思います、となんとか言い淀まないようにしてそう答えれば、渡辺先輩も板谷先輩も、そうなんだ、となんだかもの足りなそうな生返事をするばかりで、今度は私がふたりにむかって、先輩って、楠木先輩とおなじクラスなんですか？　と訊けば、渡辺先輩も板谷先輩も、ううん、と言って首を横に振るので、じゃあ楠木先輩がその、演説っていうか、そういうことをしたっていうのは、直接見たわけではないんですよね？　とつづけて訊くのだけれど、その口調がなんだか問いつめるような色あいを帯びてしまったことにすぐさま気づいて怖気づく私はすこし身構えるのだけれど、うん、あたしたちも噂で聞いたんだよね、とあっけらかんと渡辺先輩が言えば、板谷先輩も、そもそも楠木君ってあんまり存在感ないっていうか、この話が持ちあがるまではよく知らなかったっていうか、いまも知らないか、と言ってふたりして笑いあって、そんなふたりを見ながら私はふたりに気づかれないようため息を洩らす。

部活を終えて、きょうはひとりで校庭の隅の、あまり陽のあたらない花壇の前で屈みこんで、このあいだの夕乃ちゃんとおなじように、ミルクー、シナモーン、と声を高くして呼びかけてみるのだけれど、二匹の猫が私の前に姿をあらわすことはやはりなくて、遠くで聞こえるまだ部活動に励む生徒たちのにぎやかな声が、私をとり囲む静寂の侘しさをよりいっそう際立たせて、侘しさはぽつねんと佇む私の体の内側までをも次第に蝕んでいくように感じて、だから私はその場でぶるりと震えるのだ。

そして私がまた震えるのは夕食の席でのことで、ホワイトシチューをスプーンですくう徹おじさんが、なんていうか、季節はずれじゃないかなあ、とぽつりとこぼせばとたんに郁子おばさんの顔色が翳るのを私は見逃さないのだけれど、香帆子ちゃんも私とおなじようにそれを見逃さなかったようで、郁子おばさんが鋭い視線とともに鋭い言葉を徹おじさんに浴びせかけるより前に、そうかなあ、春野菜もたっぷりだし、と言ってひと口すればば、うん、サーモンのさっぱり感も出てるし、いい感じ、と言って頰をゆるめて、そんな香帆子ちゃんの台詞はどこか芝居がかって聞こえるのだけれど、でもその表情は全然芝居がかってはいなくて、だから私もホワイトシチューをひと口すればたしかに香帆子ちゃんの言うとおり、洋風と和風が、いい感じ、にミックスされたその味はなんとも軽やかで、むしろいまの季節にぴったりで、頰をゆるめる仕草は香帆子ちゃんから私へ、それからさらに紗耶子ちゃんへと伝播して、仕事なのかそうじゃないのかはわからないのだけれど、とにかくいまは居間にいない麗衣子ちゃん以外の子どもたちを味方につける郁子おばさんは勝ち誇ったような微笑みを浮かべて、かたや徹おじさんは顔をあげずに炒めきのこのマリネをフォークでつつきながら、なんか最近物騒みたいだなあ、と話題を変えようとしてか、そうつぶやく。

あら、なにが？　とあいかわらず勝ち誇ったような声色で訊く郁子おばさんにやはり顔をあげずにきのこをフォークで口に放りこんではもぐもぐと咀嚼しながら、工事で片山さんのとこにいったんだけどね、と徹おじさんが言う。

片山さんって、パン屋の？

そうそう、まあ工事は店じゃなくて、奥の母屋のほうだったんだけど。

それで？　なにが物騒なのよ？

片山さんとこの近くの公園でさ、猫が死体で発見されたんだと。

え？　それって南落合公園のこと？　と口をはさむのは紗耶子ちゃんで、紗耶子ちゃんが通っている落合学園高校から南落合公園までは南に路地を歩いて三分もかからないし、私がいま通っている桃が丘中は落合学園高校の前の二車線道を東に二百メートルほど進んだところにあって、私がかつて通っていた多岐小は落合学園高校の裏手の雑木林のさらにその裏手にあって、だからその三つの学校と南落合公園はどれも隣接しあっているといってもいいくらいで、だから私は南落合公園で犬を散歩中のおじいさんが猫の死体を発見したという、桃が丘中でもいまや持ちきりの話題が落合学園高校でも持ちきりになっているのかもしれないと思って、とすれば落合学園高校にも猫殺しの犯人とされるひとがいるのだろうか？　あるいは桃が丘中とおなじく楠木先輩が犯人とされてしまっているのだろうか？　と思えばシチューさえ喉につかえそうになるのだけれど、徹おじさんは、いや、片山さんとこは駅のむこう側だから、中央公園だな、と言って、紗耶子ちゃんの隣で香帆子ちゃんは、え？　猫がどうしたの？　と言いながらホワイトシチューにバゲットを浸している。

南落合公園で猫の死体が見つかったって、あたしの学校ではみんなしてそういう噂してるけど、と言う紗耶子ちゃんに、徹おじさんは、うーん、と唸り声をあげて、かたや郁子おばさんは、実はね、ともはや勝ち誇ったような微笑みを浮かべることなく眉をひそめて、あたしも角の杉田さんからそれ聞いたのよ、と言えば紗耶子ちゃんが、南落合公園でしょ？ とすかさず口をはさんで、すると郁子おばさんは首を横に振って、あたしが聞いたのは桃が丘西公園、と言って、あいかわらず香帆子ちゃんは、え？ 猫がどうしたの？と言いながらシチューに浸したバゲットを口に放りこむのだけれど、香帆子ちゃんの通う大学は妙谷駅から東へ電車にゆられて一時間もかかるところにあるのだから、この街で起こっていること、というか噂になっていることを香帆子ちゃんが知らなくても不思議ではなくて、かたや私はそれを知っていながら口をつぐむのは、森に入るために桃が丘西公園のフェンスを夕乃ちゃんと一緒に越えた、あのときの光景がまざまざと頭のなかに蘇るからで、郁子おばさんの話のとおり、桃が丘西公園で猫の死体が発見されたとなると、それは私たちが森にいった日よりも前のことなのか、あるいはあとのことなのか、あるいはその日のことなのか、そんなことを考えているとホワイトシチューのおいしさに頰をゆるめていた数分前のことすら、すでに懐かしく思えてくるのだ。

週が明けて、きょうは理科室と家庭科室に移動する授業があって、理科室は本館にあるから移動の時間に夕乃ちゃんに声をかけようと、朝の登校のときからそう心に決めていたのだけれど、いざ移動の時間になるとなんだか気後れしてしまって、だから教科書やノートや文房具を抱えてさっさと教室をあとにする夕乃ちゃんの後ろ姿を眼で追いかけることしかできなくて、夕乃ちゃんからすこし遅れて教室を出る私は、やはり夕乃ちゃんの後ろ姿をなおも眼で追いかけるのだけれど、その背なかは教室の窓際の一番前の席で授業を受けているときとおなじように凛とまっすぐに伸びて、左右にゆれる耳の下でふたつに結ばれた髪は廊下の窓から射しこむやわらかな陽光を照りかえしては艶めいて、私はは《ママ》からずも夕乃ちゃんのそんなまっすぐな背なかや艶々とした黒髪を美しいと感じるのだけれど、理科室のある本館二階には二年生の教室もずらりと並んでいて、授業のあいだの休み時間に廊下に出ておしゃべりをしている先輩たちは、夕乃ちゃんが前を通りすぎるたびにおしゃべりをやめたり、すれちがいざまにふりかえったりして、でも私とおなじように先輩たちが夕乃ちゃんに美しさを感じているわけではないとはっきりとわかるのは、彼らの眼には、珍しいものを見るときのぎらぎらと輝く好奇心ばかりが浮かんでいるからだ。

みずからを「森の子ども」であると胸を張って夕乃ちゃんが作文を読みあげたのは、南落合公園で猫の死体が発見されたという噂話が学校じゅうにひろまるよりもずっと前、というほどではないにせよ、いまではそれほど遠くに感じてしまう入学式の次の日のことで、あのときからクラスのみんなは夕乃ちゃんに好奇と嘲笑の入りまじったまなざしをむけていたことに私は気づいていたのだけれど、夕乃ちゃんはそんな無遠慮な視線をいっこうに気にするそぶりもみせずに背すじをまっすぐに伸ばして毎日を送って、だからかえって自尊心を傷つけられる、というと大げさなのかもしれないのだけれど、なんだか馬鹿にされているようにみんなが感じるのもわからなくもないことだし、そんな日々のふつふつとした胸のわだかまりが今回の猫の死体騒ぎによっていっきにおおきなうねりとなって夕乃ちゃんに襲いかかりはじめているのかもしれない、と理科室で顕微鏡を使った実験だか観察だかに歓声をあげる生徒たちの輪からすこし離れたところでぼんやりと考えながら、かたやほかの男の子たちのようにはスポーツにもゲームにも全然興味が持てないし、男の子よりも女の子と話しているほうが楽だし楽しいし、というそんな私を、女男、とか、男女、と小学生のころからみんなはそうからかって、それは中学生になってもつづくと思っていたのだけれど、入学式からひと月も経ってはいないのにもはやそんなことはなくなって、それは私が小学生のときのようにはスカートも穿かずに、ほかの男子生徒とおなじように詰襟の学生服を着て、それから肩まで届く髪もばっさりと切ったから、ということよりも、クラスのみんなの好奇と嘲笑のまなざしを一身に引き受けるのは、いまや夕乃ちゃんだからで、それはつまり、クラスのみんなの好奇と嘲笑にたいする夕乃ちゃんの気高い無関心がみんなの胸をざわつかせて、かたや身の丈にあわない詰襟の学生服を着て縮こまるように背を丸めて過ごす私はからかいの対象にすらならない、つまりは透明人間のようなものとしてみんなの眼に映る、というか透明人間だからみんなの眼にすら映らない、とそう考えればそれはそれで不安にもなるのだけれど、すると突然背なかを勢いよく、どん、と叩かれて、うひゃっ、と間抜けな声をあげる私に河内先生は、どうした？　ぼーっとして、もう腹減ったのか？　と咎めるように声をかければ、くすくすと笑うみんなの視線はいっせいに私にむけられて、するとかっと顔が熱くなって額から汗が噴きだす私はさらに背を丸めてこそこそと顕微鏡をとり囲む輪のなかに加わる。

自分のことを透明人間だと思うそばから、うひゃっ、と間抜けな声をあげてしまう失態に、授業が終わっても恥ずかしさは尾を引いて、だから授業の終わりのチャイムが鳴ればみんなの視線を浴びないように、それこそいまこそ透明人間になりたいと願いながらそそくさと理科室を出る私は、移動の時間を利用して夕乃ちゃんに声をかけるどころか、クラスの誰よりもさきに西館に辿りつけば、トイレの個室にこもって何度も深呼吸をする。

それで結局は一日じゅう、夕乃ちゃんに声をかける機会は見つからなくて、というより勇気がだせなくて、それでも帰りのホームルームが終わってクラスのみんながかやがやと荷物をまとめたり、部活の準備をはじめるころに、朝の登校のときに心に決めたことをやはりやりとげようと、どくどくと高鳴る鼓動に息をあえがせながら教室の窓際の一番前の席までいくと、帰り支度をしている夕乃ちゃんの肩を、とん、とん、と叩く。

　ふりかえる夕乃ちゃんは、澄んでいながらどこか遠くを眺めているかのようなもの憂げなまなざしを私にむけて、そして抑揚のない落ちつきはらった声色で、どうしたの？　と私に訊くのだけれど、肩を叩いた私のほうから言葉はなかなか出てはこずに、そんな私を夕乃ちゃんはじっと見あげては私の言葉をじっと待って、だから私はなおもあえぐ息をなんとかなだめて、部活、きょうはくるよね？　と振り絞るように声をあげれば、夕乃ちゃんは淡々とした口調で、ううん、いかない、と言う。

どうして？　どっか具合でも悪いの？

ううん。

じゃあ、どうして？

きょうは集会だから。

集会？

そう。

森の。

そう。

でも集会って、たしか金曜にやるんじゃなかった？

最近はいろいろあってね、きょうもやるの。

そうなんだ。

そう。

部活よりも森での集会を優先することは、夕乃ちゃんにとっては当然のことかもしれないのだけれど、それでもあまりにためらいもなく言い放たれるその言葉に、あらためて夕乃ちゃんが「森の子ども」であることを強く意識する私は、同時に夕乃ちゃんとのあいだに立ちはだかる越えられない壁のようなものも強く意識せずにはいられなくて、すると夕乃ちゃんにかえす言葉はもう見つからなくて、だからそれきり私たちは黙りこくっては不思議なくらいに長いあいだ見つめあうのだけれど、ふいとわれにかえればがやがやとしていたはずの教室には私と夕乃ちゃんのふたりしかいないことに気づいて、いまや静寂に包まれた教室のなかで、開け放たれた窓のむこうから聞こえはじめるはつらつとした生徒たちの声や、遠くの音楽室からかすかに届くトロンボーンなのかサクソフォーンなのか、とにかくいくつもの吹奏楽器の音色に耳をすませているうちに心は次第に落ちつきをとり戻して、だから、それじゃあ、あたし帰るね、と手を振って教室を出ていく夕乃ちゃんの後ろ姿を不思議なほど穏やかな気分で見送るのだけど、そのままぼんやりと佇む私は、夕乃ちゃんの残像を見つめつづけるように、夕乃ちゃんが出ていった扉のほうをぼんやりと眺めつづける。

8

折りたたみ傘がなくなりました、と朝のホームルームも終わろうとしているところで手をあげて、担任の臼井先生にそう報告するのは教室の真ん中の右列の一番前の、教卓とむかいあう席に座る手塚君で、手塚君いわく、急な雨に備えて黒の折りたたみ傘をいつも机の脇のフックにかけていて、きのうはちょうど部活が終わるころにぱらぱらと降ってきたので教室までとりに戻ろうかと迷ったのだけれど、本降りになるような気配もなくて、だから結局はそのまま小走りで帰ることにして、それできょう登校してみればあるはずの傘がなくなっていた、とのことで、そんな手塚君の報告を聞く臼井先生はめずらしく眉間に皺をよせて腕組みをしながら、置いて帰ったのはたしかなんだな？　と手塚君が話し終えるや念を押すようにそう訊けば、手塚君は、はい、まちがいないです、と答える。

ホームルームが終わる時間になっても臼井先生がそのまま腕組みをしながら教壇に立ちつづけるのは、一限の授業が臼井先生の国語だからで、だから一限の開始のチャイムが鳴っても臼井先生は教卓の上に教科書を閉じて置いたまま険しい顔色を崩すことなく、言うべき言葉を慎重に選ぶかのように口もとをとがらせているところへふいに、あのお、とためらいがちに手をあげるのは手塚君の隣の席の須藤さんで、あたし、きのうは若槻さんと一緒に教室を出たんですけど、そのときに教室に残ってたのは花沢君と南方さんのふたりだけで、とやはりためらいがちに言えば、臼井先生はすかさず、ほんとうか？　と若槻さんにむかって訊いて、すると若槻さんは、あ、はい、たしか、そうだったと思います、とまごつきながら答えるのはきっと突然訊かれたからなのだろうけれど、臼井先生は私にむかってもおなじように、ほんとうか？　と訊いて、すると私も若槻さんとおなじように、ええと、と返答にまごつく、というか困るのだけれど、それは突然訊かれたからというより、きのうの帰りのホームルームのあとの私は夕乃ちゃんに話しかけることと、それから話しかけたあとには話しつづけることに精一杯で、だからそのとき教室には私と夕乃ちゃんのほかに誰が残っていたとか、そんなことは気にもしていなかったからで、だから私は正直に、覚えてません、と震える声を抑えることができないままそう臼井先生に答えて、すると臼井先生は今度は夕乃ちゃんにも、ほんとうか？　と訊けば、夕乃ちゃんはいつものように淡々とした口調で、わかりません、と即答する。

ざわめきはすぐさま教室内を覆って、私と夕乃ちゃんを交互にちらちらと見やるたくさんの視線は私にとっては突き刺さるようで、すると脳がぎゅーっと縮こまるような感覚にくらくらとしては眼の前がだんだんと暗くなっていくようで、だから夕乃ちゃんのほうを見る余裕すらなくて、でもこんなときでも夕乃ちゃんはきっといつものように背すじをまっすぐに伸ばして、平然とみんなの視線をはねかえしていることだろう、と思うと同時に、音羽ちゃんもみんなとおなじように、ちらちらと私と夕乃ちゃんを交互に見やっているのだろうか？　と思いながらも私の右斜め前の席に座る音羽ちゃんのほうを見る勇気も持てずにそのままうつむいていると、次第に吐き気さえこみあげてくるのだけれど、臼井先生は、ほらほら、と手を叩いて生徒たちの視線を自分のほうへと集めれば、須藤、お前が教室を出るときは手塚の傘はあったか？　と須藤さんに訊いて、すると須藤さんは不意をつかれたかのように、いや、あの、と口ごもるのだけれど、臼井先生は、どうだ？　覚えてないか？　それとも見てないのか？　と畳みかけるように訊くので須藤さんは、いえ、見ました、たしかに傘は机にかかってました、と今度はやけにきっぱりと言い放てば、教室内のざわめきはさらにおおきくなって、そして私と夕乃ちゃんにむけられる視線もいまやちらちらではなく、じろじろと無遠慮なものとなる。

たしかにきのうは部活が終わって美術室を出れば、廊下の窓から見えるのは空を覆う灰色の雲で、今度はアスファルトを見下ろし眼をこらせば雨の粒がぽつりぽつりと黒い染みをつくりはじめていて、それでも私は手塚君も言っていたように本降りになるような気配を感じなかった、というのは空を覆う雲はそれほど不吉な鉛色ではなかったし、外では運動部の生徒たちがいまだにぎやかに声を張りあげていたし、だから私はたいして慌てることもなく、そのまま西館の玄関にむかえばローファーに履きかえて、手塚君とおなじように傘もささずに小走りで家へと帰ったのだ。

だからその事実をしっかりと臼井先生と、それからクラスのみんなに伝えなければならないと思うのだけれど、いまだ脳がぎゅーっと縮こまるような感覚にくらくらとして、話している最中にも眼の前が真っ暗になって、そのままばたんと倒れてしまうのではないかと不安にもなって、だから臼井先生の、須藤はそう言ってるけど、どうなんだ？　と言う声が聞こえて、その言葉は私か夕乃ちゃんに、あるいは私と夕乃ちゃんの両方にむけられているのだということはわかるのだけれど、でも私はうつむいたまま答えることができずにいると、夕乃ちゃんのやはりいつものように淡々とした声が教室内に立ちこめるざわめきの靄を切り裂くようにして耳に届く。

私は手塚君の傘をとってないし、それに私は花沢君よりもさきに教室を出ました。

*

あのとき、

私はどんな顔をしていただろう？　といまでもときどき思いかえす。

はっと顔をあげる私は夕乃ちゃんのほうを見やれば、夕乃ちゃんはやはりいつものようにまっすぐに背すじを伸ばして、顔は臼井先生のほうへまっすぐにむけて、かたや臼井先生は夕乃ちゃんのその視線になのか、あるいはその言葉になのかはわからないのだけれど、たじろぐように唇を固く結んだまま立ちつくして、クラスのみんなもおなじように押し黙ってはとたんにざわめきはやんで、教室内は音さえしそうな静寂に包まれる。

そして、

手塚君の傘の一件は、そもそも犯人なんていなかったことがすぐに判明する。

というのもあの日、家に帰った手塚君は、五月の連休明けからはじまる習字の授業のために書道バッグを開けて用具一式がそろっていることを確認しようとしたところで、なぜだかそこには毛筆ではなく折りたたみ傘が入っていた、ということを次の日の祝日をはさんでそのまた次の日の朝のホームルームでおちゃらけながらにおもしろおかしく報告してみせれば、クラスのみんなも、それから臼井先生も、手を叩いて大きな笑い声をあげるからだ。

そしてホームルームが終われば手塚君の肩を小突くのは杉原君で、お前さあ、いい加減なことばっか言うなよお、と文句をつけるのだけれど、その顔はだらしなくゆるんで、クラスのみんなの顔も杉原君とおなじようにだらしなくゆるんで、たぶん教室のなかで笑っていないのは私と、それから窓際の一番前の席でいつものように背すじをまっすぐに伸ばして、一限の授業がはじまるのを待つ夕乃ちゃんだけだっただろう。

それから、

はじめはなんとなくだけれど夕乃ちゃんに話しかけづらくなって、そのうちまったく話しかけることができなくなって、夕乃ちゃんも私に話しかけてくることはなくて、教室や廊下ですれちがっても私はちらと夕乃ちゃんの顔を盗み見ることしかできなくて、かたや夕乃ちゃんはいつものように平然、というか超然とまっすぐに前をむいて、だから私たちの眼と眼があうことはなくて、私にできることといったら、教室の窓際の一番前の席であいかわらず背すじをまっすぐに伸ばす、夕乃ちゃんの背なかを見つめつづけることだけなのだ。

それから、

五月がはじまり、長い連休が終わって登校すれば、今度は楠木先輩が転校したという噂話にクラスのみんなは眼を輝かせて、その噂はほんとうのことだということがまもなく判明するのだけれど、すると南落合公園で散歩中のおじいさんが猫の死体を見つけて、その猫を殺した犯人は楠木先輩だという噂話をするひとはだんだんいなくなって、やがて誰もそんな話はしなくなって、今度はちがう噂話が持ちあがっては、みんなして眼を輝かせる。

そして、

五月の中間テストがはじまる前には学校にこなくなっていた夕乃ちゃんも、六月も終わりに近づくある朝のホームルームで、臼井先生の口から転校したことが告げられる。

なかば放心したままその日一日を過ごす私は、帰りのホームルームのあとにがやがやとやかましい教室をまっさきに抜け出て、校庭の隅の、あまり陽のあたらない花壇の前で屈みこんではしばらくぶりに花壇の奥をのぞきこむのだけれど、左眼が黄色で右眼が青色の白猫と、おでこから眉間にかけて黒の一本線の入った白猫の、そのどちらの姿もやはり見あたらない。

牧野先生と升澤先輩はフルーツだったり花だったり、あるいは石膏像だったりと、いろいろなモチーフを用意してくれるのだけれど、私は眼の前にぽっかりと不在になった夕乃ちゃんを描きつづけて、すると牧野先生も升澤先輩も困り顔とあきれ顔を隠すことなく、それでも私の手をとめようとはしないで、だからやがて画用紙のなかに浮かびあがるのは、澄んだまなざしをこちらにまっすぐにむけて、朗らかに微笑むひとりの少女なのだ。

けっして上手に描けたわけではないのだけれど、それでもその少女の微笑みにはたしかな気高さが宿って、なによりもその気高さこそが私が絵のなかの少女に託したかったものなのかもしれない。

その画用紙のなかの少女を、私は夕乃ちゃんと呼ぶことができるだろうか？

あれから、

十年の時が流れて、私は大学を卒業して、だからといって就職するわけでもなく、なんとなくぼんやりと一か月を過ごして、そしてふいと思いたつのは、いまさらながらではあるのだけれど、ひとりきりの卒業旅行をしようということで、ほんとにひとりで大丈夫なの？　と不安げに顔色を曇らせながら何度もたずねてくる郁子おばさんに、大丈夫だよ、と何度も言い聞かせて訪れたのは、昭和のはじめに開業したという伊豆のホテルで、ロビーのひんやりと肌に染み入るような革張りのソファに腰かけ背をあずけて、吹き抜けの二階の天井から吊るされている円形のシャンデリアが放つぼうっとした光を仰ぎ見ていると、ふいに思いだされるのは十年前の四月の終わりに夕乃ちゃんが、私は手塚君の傘をとってないし、それに私は花沢君よりもさきに教室を出ました、と言ったあのときのことで、どうしてなのかはいまでもわからないのだけれど、ぶかぶかの詰襟の学生服に身を包みながら、憂いにため息ばかりついていた私がそれでもわずかにでも抱くことのできていた期待や希望といったようなものが、まさしくあの瞬間に粉々に砕け散ってしまったような気がして、そして夕乃ちゃんの放ったそのひと言は鋭い棘となって私の胸の奥深くにいまも突き刺さったまま、疼きに身もだえることすらあるのだけれど、それでも真っ昼間の誰もいない伊豆のクラシックホテルのロビーでひとり、シャンデリアのやわらかな光と背後のガラスの壁から射しこむ曇天のひかえめな陽光に包まれていると、棘を突き刺したまま過ごしたこの十年間の日々の輪郭はますますぼやけては霞んでいくばかりで、かたやくっきりと形づくられていくのは、入学式の翌日に背すじをまっすぐに伸ばして、みずからのことを「森の子ども」であると高らかに宣言するように作文を読みあげる夕乃ちゃんの後ろ姿や、校庭の隅の、あまり陽のあたらない花壇の前で屈みこんでは左眼が黄色で右眼が青色の白猫と、おでこから眉間にかけて黒の一本線の入った白猫の頭を撫でている夕乃ちゃんの横顔や、あるいはふたりで一緒に森のなかに足を踏み入れて、あたしはみんなでみんなはあたし、と迫りくるように熱弁をふるいながらもどこか虚ろな夕乃ちゃんのまなざしや、あるいは美術室で私の眼の前に座って、画用紙にむかって鉛筆を、シャッ、シャッ、と走らせる夕乃ちゃんの真剣な顔つきなのだ。

だからこそ、記録しなければ、と思う。

この十年のあいだ、ずっと胸に抱いてきたものもあれば、われ知らず置き去りにしてきてしまったものもあるだろうけど、そんなたしかでふたしかな記憶を必死にたぐり寄せて、もう結婚なんてするつもりもないし、お金だって余ってるのよ、と郁子おばさんの青ざめる顔も私の遠慮も意に介さずに、薫ちゃんもいつまでも意地張ってないで、時代に迎合しなさいよ、と言う麗衣子ちゃんが卒業祝いに買ってくれた、シルバーボディのノートパソコンを開いて、海側ではなく山側のツインルームでひとり、十年前のあの四月の日々のことを記録しなければ、と思う。

昭和のはじめに開業したという、あらゆる騒々しさから切り離された、海と山とに挟まれた伊豆のクラシックホテルの山側のツインルームでひとり、すべての光と音を呑みこんでしまいそうなガラス窓のむこうの真夜中の深みにあらがうようにカーテンをぴたりと閉めて、フリンジシェードのテーブルランプだけを室内に灯して、麗衣子ちゃんに買ってもらったシルバーボディのノートパソコンから放たれる光線に眼をしばたたきながらキーボードを叩いて、やがてふいと顔をあげれば正面のおおきな鏡に映るその顔は、二十二という歳の割には疲れ果てているように思えて、そっと顔を右手で撫でれば、指さきはぽつぽつと鼻下に生えはじめた数本のひげに触れる。

過ぎし花咲く乙女の季節にさよならを告げるいま、慎み深くリズムを刻む胸の鼓動さえ聞こえてきそうなほどの静寂のなかでおおきなため息を洩らしては、時刻は午前零時をまわって、そして平成が終わってあらたな時代がはじまって、それでも私の胸は躍らず、私の両手はふたたびキーボードの上に置かれて、そしてキーボードを叩くリズミカルな音だけが、室内にふたたび響く。

だからこれはつづきの物語。

時はつづき、五月にあらたな風は吹くけれど、そこには平成の名残りをとどめた、四月の風もまじりあっているのだ。

・引用文献

高村光太郎『智恵子抄』新潮文庫、一九五六年
アルチュール・ランボー『ランボー詩集』堀口大學訳、新潮文庫、一九五一年
ヘルマン・ヘッセ「少年の日の思い出」高橋健二訳、『もう一度読みたい教科書の泣ける名作　再び』学研プラス、二〇一四年
中原淳一編『女の部屋　Ｎｏ．４』中原淳一プロダクション、一九七〇年

導くひと

「一ノ瀬《いちのせ》さんがいなくなりました」、ぼくがそう口にするや、向かいに座る芦澤良子《あしざわりょうこ》は、顔色を変えず、それは「知っていました」と言った。

「ええ、それはメールでも」と着席したときから変わらずテーブルに視線を落としたまま、困惑を隠さない声色でささやくように言った。そこで、「その後、一ノ瀬さんからは？」ともっとも訊きたかったことを率直に切りだせば、「いいえ、まったく」と彼女は困惑した声色を崩さず、しかしきっぱりと答えた。

予想どおりの言葉にぼくは肩を落としながらも——ずっと気を張りつめていたからということもあるだろう——東京までの特急列車の揺れによってもたらされた酔いから、わずかながらも解放される思いだった。梅雨の晴れ間の真っ昼間の喫茶店にあって、ひかえめに冷房は効きながらなお店内は蒸し暑く、それでもぼくは芦澤良子よりもずっと青ざめた顔色をしていたかもしれない。

「あなたと一ノ瀬さんは、ご一緒に働かれていたんですよね？」、ひと呼吸おいてから、ぼくは芦澤良子に訊いた。

「ええ、もう七年も前のことですけど」と言う芦澤良子は顔をあげ、しかしぼくらの視線があうことはなく、彼女は焦点の定まらない眼を宙空に泳がせた。

「たしか、ふぐ屋さんでしたよね？」とぼくが言うと、芦澤良子はちいさくうなずいた。

「そこで働いていた日々は、もしかすると人生のブレイクタイムだったのかもしれないと、そんな話を以前、一ノ瀬さんはしてくれたんです」

「人生のブレイクタイム？」、芦澤良子はいぶかしげに眉をひそめて、それでもはじめてぼくの眼をしかと見据えた。

「はい」、ぼくはやっとのことで緊張がほぐれてきたことを自覚しつつ、額に浮かんでいた無数の汗をおしぼりでぬぐった。「そう言う一ノ瀬さんは、とても愛おしそうに当時を振りかえっているようでした」

「そうだったんですね」と嚙みしめるように言う芦澤良子の声からも困惑の色は褪せて、かつての一ノ瀬恭介《きょうすけ》とおなじく、彼女の内から懐かしさの感情がわきおこってくる気配をぼくは感じた。

しばしぼくらは無言のまま時は流れ、そしてぼくのアイスコーヒーのグラスが空になるのを見計らうようにして彼女は、「実はメールをいただいてから、ずっと頭を離れなかったのは、まさにそのことだったんです」と言った。

「そのこと？」、ぼくはむせかえりそうになるのをなんとかこらえた。

「そう、あのころのこと。私と一ノ瀬さんが働いていたアルバイトでのこと」

「聞かせてもらえますか？」

「うまく話せるかどうか……」

ぼくはなにも言わず、じっと彼女を見つめた。

すると芦澤良子はかつてを思いだすかのようにふたたび宙空を見あげ、ゆっくりと語りはじめた。

芦澤良子の話

「彼の第一印象は……静かそうなひとだな、というものでした。まあ、ほんとに静かなひとだったんですけど」と言って芦澤良子はちいさく笑った。「歳はほかのアルバイトの子たちよりも上で、それは私もそうでした」

新橋にある大手チェーンのとらふぐ料理店で働くアルバイトスタッフは、高校生から大学生が中心となって構成されていた。「彼らからすれば、私はもうおばさん。これから社会に出ていく彼らとは正反対に、社会から逃げてきた私……そういう意味でも、はぐれ者、でした」と芦澤良子は言った。

一階から五階まであるフロアの片隅で、隙をねらってはアルバイトたちはこそこそ、ひそひそ噂しあう……「蓮村君と彩、つきあってるらしいよ」「あ、それ知ってる」「じゃあ知佳のは？」「なにそれ？」「亮介捨てて、洋二とくっついたって」「マジ？　ちょっとエグくない？」「それより信なんだけどさあ」「うん」「飲み会に誘われなかったからって、裕太殴ったんだって」「うそお」「ほんとほんと」「それもお客さんの前でだよ」「ヤバいじゃん」「そういえば顔に痣あったよね」……。

芦澤良子の耳に届くのは、だいたいこんな話だった。客がいようがおかまいなしにたちこめる、あのむっとするにおい。フロア全体がもんもん、むんむんとしている。

「そんなにおいたつような青春の甘みや苦みがどうにも苦手で、だから私は二十三時以降に働くことにしていたんです。二十三時から朝の五時まで。休憩なしできっちり六時間」

と芦澤良子は言った。

「それで、一ノ瀬さんのことでしたね」と芦澤良子は言った。「彼も私とおなじ。深夜帯のシフトにしか入っていなかったと思います」

その日、六階の女子更衣室にはいつもの光景があった。仕事をはじめるために制服に着替えている芦澤良子の傍らで、仕事を終えて帰り支度をしている女子たちがやはり噂話をしては、狭い更衣室内には甲高い声が響いていた。

芦澤良子は顔をつきあわせては唾を飛ばしあい、デオドラントスプレーを腋《わき》に吹きつけている女子たちの脇を息をとめてそそくさとすり抜け、這い出るように更衣室をあとにした。そして深く息を吸っては、吐きだし、と何度か繰りかえしているところへ、バックヤードの奥のほうから、がさがさ……ごそごそ……と音がしたのだ。

がさがさ……ごそごそ……その正体こそ、一ノ瀬恭介だった。しかし芦澤良子は、まだそれを知ることはない。「男性スタッフには更衣室がなくて、彼らはバックヤードのそこらでめいめいに着替えをしていましたから、暗がりで動くそのひとサイズのシルエットにもとくに気をとめることもなく、そのまま階段をおりて二階にむかったんです」と芦澤良子は言った。

そのとき時刻は二十三時十分前。週のなかびの水曜とあってか客足も鈍く、二階フロアはすでに無人で、芦澤良子はさらに階段をおりて一階に顔をだした。すると店の自動ドアをくぐったおよそ十五分前と変わらず、ふた組の客の姿があるのみだった。レジカウンターではバイトリーダーの兼杉という大学生の青年が手もとの書類になにやら書きつけながら、「おつかれさまでーす」とこれもまた十五分前に自動ドアをくぐったときと変わらず、覇気のない声をかけてくる。そのとき厨房から顔をだすのは店長で、店長はひれ酒をレジ横のテーブルにつくふたり組のそれぞれの客の前に置けば、チャッカマンでひれ酒に点火して、すると客席からは歓声があがるのだった。そんなお決まりの反応をいつものにこにこ顔を崩すことなく見届けてから、ふいと顔をあげる店長は、盆を脇に抱えて階段の手前でたたずむ芦澤良子のもとへ駆け寄った。

身長百五十センチに満たない店長は芦澤良子を見あげて、「おはよう！」と挨拶をするのだが、まるで貼りつけたようなにこにこ顔と、歌うような朗らかな声でそう言われれば、その「おはよう！」の挨拶は夜半のはじまりにはどうにもアンマッチなものとして芦澤良子の耳に響くのだった。だから芦澤良子は、この決まりごとである「おはようございます」の挨拶を――すくなくとも店長にむかっては――いつも違和感とともに返すことしかできなかったものの、店長が芦澤良子のそんな違和感に気づく様子はつゆほども見せることなく、この日もそんなすれ違いのような挨拶をかわせば店長は、レジカウンターであいかわらず顔をふせてなにやら書きつけている兼杉青年にむかって、「ちょっとフロアお願いね」と言って、耳もとのインカムのイヤホンを指さすしぐさをした。

そのまま店長のあとにつづいて芦澤良子も二階にあがれば、高校生や大学生アルバイトはいうにおよばず、芦澤良子と比べてもずいぶんと肌艶の失われた、もはや中年の域に差しかかっているとおぼしきひとりの男性が、洗いたての制服に身をつつんでは、壁にかかるふぐの墨絵をまじまじと見つめていた。

「この日に新人さんが入ることは聞いていたので、ああ、このひとか、とすぐに思いました」と芦澤良子は言った。「ただ、てっきり若い子が入るものとばかり思っていたから、一ノ瀬さんをひと眼見て、意外というか、面食らうような感じでしたね」

あいかわらずふぐの墨絵を見つめている新人、つまり一ノ瀬恭介と、勝手に面食らっている芦澤良子を放り置いて店長は、「あれ？　青龍《せいりゅう》は？」と言った。一ノ瀬恭介はもちろんのこと、芦澤良子もまたその問いかけに答えることができずに、そもそも誰に問いかけるというふうでもない店長は胸もとのマイクを口もとに近づけ、「青龍、どこ？」と言った。まだインカムを装着していなかった芦澤良子の耳には応答しているはずの青龍の声は届かず、するとしばしののちに店長がふたたびマイクを口もとに近づけ、「二階よ、すぐにおりてきて」と言った。

大柄な身体をわざと縮こめるようにして背をまるめ、のそのそと二階フロアに姿をあらわす青龍に、店長は「こっちこっち」と大仰なしぐさで手招きをして、すると青龍と芦澤良子、そして店長と一ノ瀬恭介のペアでむかいあう形となった。

「こちらはきょうから入っていただくことになりました」と店長は観光名所を案内するバスガイドのように手のひらをうえにして、一ノ瀬恭介のほうへとむけた。「名前は、ええと……」、店長のにこにこ顔が見る見る渋柿のようにしぼんでいく。

しばしの沈黙……一ノ瀬恭介は名乗らない。

店長は手のひらをうえにむけたまま、一ノ瀬恭介の胸もとにつけられているネームプレートをちらと見やり、そして、「一ノ瀬さん。はい、一ノ瀬さんです。よろしくお願いします」と言った。

店長のその「よろしくお願いします」はむかうさきを見つけられないまま、やがて行き場をなくしたかのように霧散して、芦澤良子も青龍も、それから一ノ瀬恭介も沈黙をつづけた。本来あるべき形――つまり、新人の「よろしくお願いします」、そしてそれに応える先輩の「よろしくお願いします」という決まりごとがなされないままに、店長は、「きょうは私が仕事を教えるから、芦ちゃんと青龍はいつもどおりでお願いね」と言い残し、一ノ瀬恭介をともない階段をあがっていった。

「あのひと、なにも言わなかったね」と芦澤良子はつぶやいた。

「おじさんだった」と青龍がひとり言のように言った。

「なんか、あたらしいよね」と芦澤良子は、たぶん伝わらないだろうな、と思いながらもそう口にした。

「リストラされたのかな?」と青龍はやはりひとり言のように言った。

「そんな言葉、よく知ってるね」

「ニッポンは不況だからね」

「また難しい言葉」

微妙に嚙みあわない会話を切りあげ、芦澤良子と青龍は自分たちの持ち場にむかった。つまり芦澤良子は一階のフロアへ、青龍は五階のパントリーへ。

それからも、一ノ瀬恭介はしゃべらなかった。

とはいえ、差しあたっておおきな支障はなかった。五階フロアから下の階へと順に清掃をしていくことが一ノ瀬恭介にあたえられた主な仕事だったから、むしろ黙々と行うほうが効率的なのだ。

青龍もまた、深夜帯の清掃を主な仕事としていたが、こちらは各階のパントリー担当だったから、ふたりに会話がなくてもやはり支障はない。

とはいえふたりが上階にいるあいだ、芦澤良子は二階か一階で主に接客をしていたから、自分の見ていないところで一ノ瀬恭介と青龍は楽しくおしゃべりをしているかもしれない、と思いながらも、「でもそれもないだろうな、って」と芦澤良子は言った。

一ノ瀬恭介が入社してしばらくのあいだ、お決まりの「おはようございます」と「おつかれさまでした」の挨拶すら、彼の口から芦澤良子にむけて発せられることはなく、上階の清掃を終えて二階か一階で芦澤良子と落ちあっても、ふたりは話すこともなく、まかないの席でも一ノ瀬恭介が口を開く姿を芦澤良子が眼にすることはなかった。

とはいえ、とくにどうということはなかった。

「おはようございます」と「おつかれさまでした」をはっきり、くっきりと口にださないのは青龍もおなじで、彼の場合は「ざす」「した」とぼそりと言いながら、猫背の首をちょいと突きだすやりかただった。高校生や大学生たちがフロアにあふれるディナータイムにこんな挨拶をしようものなら、「元気がない」とか「チームワークが乱れる」などと、社員やバイトリーダーから秒速で叱責の矢が飛んできたことだろう。しかし、時の場末の真夜中なればこそ、「チームワーク」などと声を大にして言うものもいない。本来ならば店長がその役目を負ってしかるべきかもしれないが、店長はいつものにこにこ顔のまま、「一ノ瀬さんっておとなしいひとねえ」と言うばかり――まるでせんべいを食べながら、世間話をしているかのように。

それでも、チームワークのようなもの、は不思議と自然に形成されていった。

入社して一週間とかからずに、一ノ瀬恭介はすんなりと仕事に慣れていった。作業もけっして雑ではないようで、「補充もしっかりやってくれるし、座布団のつけかえも忘れないし、えらいわ。これ、サボってやらない子も多いのよ」と店長は言うのだった。青龍は青龍で、パントリーの奥の換気扇の下で煙草をふかしながらテキパキと清掃と補充と後片づけをし、一ノ瀬恭介とおなじように三時半から四時あたりで二階か一階におり、芦澤良子たちと合流する。閉店三十分前の四時半には店長は伝票整理にとりかかって、閉店時間の五時きっかりに店を閉められないことは、最繁忙期かあるいは突発的な混雑の日をのぞいてほとんどなかった。店が閉まれば一階のキッチンから、ぷうん、とときに甘く、ときに辛くにおいたつまかないを山本料理長が運んできてくれる。つまり、深夜スタッフはディナータイムのスタッフとはまた別の形で、彼らなりのチームワークを発揮していたといえるのだ。

「それでも一ノ瀬さんがしゃべる日がやってきたんです。いや、しゃべらなければならない日が、と言ったほうがいいかな」と芦澤良子は言った。

それは一ノ瀬恭介が入社して二週目の金曜日のことで、すでに一時を過ぎているのに、三階には客の姿があった。年末年始であればそれもめずらしいことではない。ところがいまや二月を過ぎて、それでも一応は冬場の繁忙期ではあるから、めずらしいこと、というほどのことではなかったかもしれない。

「だから、すくなくとも私の知るかぎり」と芦澤良子は留保をつけたうえで、「一ノ瀬さんがそれまで清掃のみに専念して、しゃべる必要がなかったのは、ラッキーだったのかもしれません」と言った。

この日、一時の時点で一階の六席は満席、よって新規の客は二階にあげ、すると二階には座敷も含めて四組、さらに三階には芦澤良子が出社するより前にすでに入店していた客がひと組、いまだ残っていた。

よって店長が一階、芦澤良子が二階、一ノ瀬恭介が三階で接客をする必要が生じたのだ。

インカムのイヤホンにまず届いたのは店長の声だった。

「一ノ瀬さん、大丈夫?」

しばしの間が空いてイヤホンに届く、「はい」の声。芦澤良子が一ノ瀬恭介の声をはじめて聞いた瞬間だった。予想どおりでもなく、予想に反するわけでもなく、つまり暗くもなく、淀んでもなく、沈んでもなく、明るくもなく、朗らかでもなく、清らかでもなく、ただただ耳に届いて、そして通過していく、「はい」の声。

「だから私はとくに感動するわけでもなく、あ、しゃべった、と思っただけでした」と芦澤良子は言った。

「たしかコースだよね？　全部出た？」、ふたたびイヤホンに届く店長の声。

「これから雑炊です」、一ノ瀬恭介の声もふたたび届く。

締めの雑炊は、フロアスタッフが客の前でつくることになっていた。とはいえ、とくにむずかしいことはない。てっちりのあとの食べ残しをすくいとって、塩で味をととのえれば、鍋に白飯を加えてひと煮立ちさせ、溶き卵を円を描くように流しこむ。「ねぎをかけてもよろしいですか？」「お好みでポン酢をおかけください」もまたマニュアルのとおり。

それでも芦澤良子はそわそわとしはじめた。幸いなことに、二階の接客は一段落していた。四組のうち、三組は雑炊も出しおわり、もうひと組はコースのてっちりを出したばかりで、その際にオーダーを受けたドリンクさえ運べば、しばらくは客席から手はあがらないはず、と芦澤良子は踏んだ。だからパントリーで急いで生中とハイボールをグラスに注ぎ、盆にのせてテーブルに運べば、踵をかえして三階フロアへと階段をかけあがったのだ。

するとすぐさま芦澤良子の眼にとまるのは、一ノ瀬恭介の後ろ姿だった。奥の座敷席でテーブルを囲む四人の客たちは、卵を溶く一ノ瀬恭介の手もとにじっと視線をそそいだまま、「やっぱりうまそうだなあ」「これが食べたかったんだよ」などと言いあい、ひとりはスマートフォンを一ノ瀬恭介の手もとにむけてさえいる。卵が鍋に投入されれば歓声があがり、そして芦澤良子は耳をすました。

一ノ瀬恭介はちゃんと言えるだろうか？「ねぎをかけてもよろしいですか？」「お好みでポン酢をおかけください」

ところが芦澤良子の耳に届くのは、酒で顔を赤らめた四十手前とおぼしき男性の、「お願いします」というだらりとした声と、おなじく顔を赤らめた芦澤良子と同年齢くらいの女性の、「はあい」というやはりだらりとした声で、つまり、一ノ瀬恭介はマニュアルどおりの説明をしたということにはなるはずだが、その声を芦澤良子はとらえることはかなわなかった。

できあがった雑炊を客の小鉢にとりわければ、空いた皿を盆にのせた一ノ瀬恭介は、芦澤良子のほうへ近づいてきた。芦澤良子は、とっさにパントリーのなかへ逃げこむものの、一ノ瀬恭介は芦澤良子のもとへ歩み寄ってきたわけではなく、パントリーに皿を返しにきたわけだから、芦澤良子はむしろ鉢あわせの機会をつくってしまったことになる。それに気づくや、芦澤良子の額には汗がじわりと浮かびあがるのだった。

芦澤良子は動揺から気をまぎらわせるために、換気扇の下で煙草をふかしている青龍の背なかにむかって、「もう、また店長にバレるよ」とまるで八つ当たりでもするかのように言い放った。青龍は煙草を口にくわえたまま顔だけをぐるりと芦澤良子にむけて、大げさに肩をすくめてみせれば、芦澤良子は思わず笑みをこぼして、そのとき背後で、「お願いします」という声がした。すると芦澤良子の顔から笑みはたちまち引っこんで、かわりに喉もとが絞めあげられるような驚きに肩を跳ねあげるのだった。

「一ノ瀬さんは、そんな私の脇をすーっとすり抜けて、濁り水のたまったシンクのなかにお皿を滑りこませるようにして入れれば、もう一度、『お願いします』と言いました」と芦澤良子は言った。「青龍も、『あいよ』と気だるげな声色で答えたから、一ノ瀬さんの声は当然青龍の耳にも届いていたことになります」

一ノ瀬恭介はいまだフリーズ状態の芦澤良子の脇をふたたびすーっとすり抜けて、フロアに戻っていった。

「一ノ瀬さん、しゃべったね」とおおきく身震いをしてフリーズを解いた芦澤良子が言った。青龍は煙を吐きだしながら、芦澤良子に眼をむけた。「あたり前でしょ」と口にこそださないまでも、彼のあきれ顔はあきらかにそう語っていたから、一ノ瀬恭介と青龍のあいだには、すくなくとも業務の範囲内での会話はあるのだろう、と芦澤良子は思った。とはいえ、いましがたの感じから察するに、やはり楽しくおしゃべりしている、ということはないだろう、とも芦澤良子は思った。

「考えてみれば、いえ、考えてみるまでもなく、一ノ瀬さんがしゃべらないはずはありません。それが病気だとか、あるいはほかの理由であっても、しゃべれない、しゃべらない、のであれば、接客ありのふぐ屋に応募するはずもないですから」と芦澤良子は言った。

それでも二階フロアに戻って、いまだ残っている客の対応をこなしつつも芦澤良子は久かたぶりに、まるで見知らぬ町の駅のプラットフォームにおりたち、よく晴れた五月の澄んだ空気を胸いっぱいに吸いこんでいるような、そんな心もちになっていた。そのうち客はひと組、またひと組と帰っていき、残りひと組、あとはデザートを出すだけという段階になって、一ノ瀬恭介が二階におりてきた。壁掛け時計をちらと見やると四時を過ぎていた。

なんとなく手持ち無沙汰な気分の芦澤良子は、座敷にあがって座布団を脇へ避け、モップで床を拭いている一ノ瀬恭介に近づいていった。そしてその背なかにむかって、「きょう大学生の女の子に、『アラサーって、肌の調子とかやっぱりわかりやすく変わっちゃうんですか？』って訊かれたんですよ。ひどくないですか？」と言った。

一ノ瀬恭介は振りかえって、芦澤良子を見つめた。「とくに返事をするわけでもなく、あまりにじいっと見つめてくるものだから、とたんにどぎまぎしてしまって」と芦澤良子は言った。芦澤良子は泳ぐ視線でちらと一ノ瀬恭介の口もとを見やれば、それはまさしく一文字に結ばれている、とはいえその能面のような無表情には、敵意を感じさせるなにかがひそんでいるわけではない、と芦澤良子は感じた。「それでも私は、しまった、と思いました」と芦澤良子は言った。

「アラサーって、ほら、あの、テレビのコントなんかでよくある、あの、着物の帯をぐるぐるほどかれてるときの、例のあれに似てません？　あの、あーれー、みたいな……響きっていうか、あーれー、な気分っていうか」

「取り繕うように、我ながらというか、支離滅裂な言葉を重ねれば重ねるほど、なんだか泥沼にはまりこんでいくようでした」と芦澤良子は言った。身体中に嫌な汗を滲ませる芦澤良子は、「すみません」とだけ言い、一ノ瀬恭介に背をむけた。「いますぐ帰りたい、そう思ってもお客さんはまだ残ってるし、だからひたすら時間が過ぎるのを待つことしかできませんでした」と芦澤良子は言った。一ノ瀬恭介が清掃をすすめる音が耳を痛めつけるかのように、やけにおおきく響いていた。

この日のまかないは、山本料理長特製のローストビーフ丼だった。以前に一度、芦澤良子はこのローストビーフ丼を食べたことがあった。そのあまりの美味にわかりやすく眼をまるくする芦澤良子に、山本料理長は笑いながら胸をはった。しかし、そんな待ち焦がれていたはずのローストビーフ丼を眼の前にしても箸はすすまず、吐き気さえこみあげてくる芦澤良子にむかって店長が、「つかれちゃった？　きょう忙しかったもんね」と声をかけた。隣では青龍が丼におかわりのご飯を山盛りによそって、隣のテーブルでは一ノ瀬恭介が黙々と料理を口に運んでいた。芦澤良子は店長にむかってただうなずくだけで、結局ほとんど手つかずのローストビーフ丼が残された。

そして帰り支度をすませて店の自動ドアをくぐっても、芦澤良子の吐き気はいっこうにおさまらなかった。

「どうしてそうなってしまったんですか？」とぼくは芦澤良子に訊いた。

芦澤良子は首をかしげて、わずかに眉間に皺を寄せるので、ぼくは、「いや、芦澤さんは一ノ瀬さんに変なことというか、失礼なことを言ったわけではないと思ったんで……」と、しどろもどろになりながらも言葉をついだ。

「ああ」と芦澤良子はうなずき、しばらく考えこんでから、「なんででしょうね？」と言って右の手のひらにあごをのせ、遠くを見やるように眼を細めた。「当時の私が二十七で、一ノ瀬さんが……三十八、でしたっけ？」

「……たしか、そうだったかと」、ぼくは頭のなかですばやく計算し、うなずいた。

「それで、まあおなじく『アラ』がつくものどうしというか……たぶん勝手に仲間意識のようなものを抱いて、あのとき一ノ瀬さんに話しかけたと思うんです」

芦澤良子はふたたび考えこむように沈黙した。ぼくも黙ってつづきの言葉を待った。

「でもとたんに私は、土足で踏みこんでしまった、って思ったんですよね」と芦澤良子は言った。「あれはきっと、暴力だったんです」

「暴力？」

「そう、私から、一ノ瀬さんへの」

「話しかけるだけで、暴力？」、念を押すようにぼくは訊いた。

「ええ」と言う芦澤良子の声に迷いはなかった。「すくなくとも、あのときの私はそう思ったんです。ほとんど直感的に」

そう言ってから、芦澤良子はふと店内の壁掛け時計を見あげればとたんに顔色を変えて、「すいません、もうこんな時間」とつぶやいた。

ぼくもおなじく壁掛け時計を見あげ、そして窓ガラスのむこうの舗道に眼を移せば、あたりは淡い夕焼け色に染まっていた。

「いえ、ぼくのほうはとくに」と言うと、芦澤良子は、「いや、私がこれから予定が……」と決まり悪げにそう言った。

「ああ、それなら」

「すみません……つづきはまた」と言う芦澤良子は急いで荷物をまとめて、お決まりの押し問答を差しはさむ余地さえあたえず千円札を一枚、テーブルのうえにさっと置けば、すばやく店をあとにした。

芦澤良子からのメール

《楠木尊《たける》様

今日はありがとうございました。また、中途半端に切りあげてしまってすみません。後日、またつづきをお話しさせてください。

というのも、（一ノ瀬さんが見つからないなか、こんなことを書くのは不謹慎かもしれませんが）かつてを思いだしながら話していると、どうにも懐かしい気分に、心もすーっと軽くなっていくようだったからです。

一ノ瀬さんがあなたに言ったという「人生のブレイクタイム」……それはもしかしたら、私にもあてはまることなのかもしれません。

今日、あなたとお話ししながらそんな考えがふと浮かび、こうしてメールを書いているいまもなおお考えつづけています。

そこで、一ノ瀬さんのことばかり、というのもフェアではないというか、すこしだけ私のこともこの機会に書かせていただこうと思いました。ところがいざ書きはじめてみると、次から次へと言葉があふれて、なんだかものすごく長い文章になってしまいました。そして読みかえしてみると、あなたにとってはまるで意味のない、とりとめもない独白にしか思えず、ひと思いに delete してしまいました。

私が delete した文章は、要はつぎのようなものです。

「……私と茉莉《まり》は幼馴染で、おなじ美大にも通っていましたが、いつも才能の差を見せつけられていました。それでも私はデザイナーとして仕事をはじめ、寝る間も惜しんで働いて、そこそこ軌道にのってきたところで、茉莉の個展で数年ぶりに彼女と再会しました。そこであらためてその才能を見せつけられた私は、その場で倒れ、病院に担ぎこまれました。その後、うつ状態となり、思わぬ長患いに復職もかなわず、社会から脱落するように新橋のふぐ屋で働きはじめたのです……」

このワンツイートで済む程度のことを、だらだらとつづってしまったわけですが、さすがにあなたもそんな自己満足でしかない独白にはつきあいきれないであろうことに、いっきに書きあげ、いっきに冷静になった私は気づいたのでした。

それでもdeleteした文章のなかで、やはりお伝えしておいてもいいだろうと思う部分もあるので、以下、短く、書き直してみます。

まるで難破船が島に漂着するように（というのもなんだか芝居がかった表現ですね）、私はふぐ屋で働きはじめたのですが、真夜中のふぐ屋は私にとっての避難所ともいえる場所でした。淡々と、黙々と、あたえられた仕事のみをこなしていればおのずと過ぎてゆく時間……それはそれまでの私の人生のなかで、もっとも穏やかな時間だったように思うのです。つまりは「人生のブレイクタイム」。

そんな私とおなじように、というのは失礼かもしれませんが、一ノ瀬さんもまた胸のうちになにかを抱えていることは、その様子から一目瞭然でした。だから私は、迂闊にも彼に話しかけてしまったあのとき、それを暴力だと感じたのです。今日、あなたには「直感的に」と言いましたが、あらためて思いかえしてみて、そんな考えに思いいたりました。きっと当時の私も、土足で踏みこまれることをなによりも警戒したでしょうから。

なんだかんだで長くなってしまいました。それではまた、お会いできる日を楽しみにしています。

芦澤良子の話のつづき

「一ノ瀬さんから私は逃げるようになりました」と芦澤良子は言った。「とはいえ、一ノ瀬さんは私を追いかけてくるわけもなく、淡々といつもどおりに仕事をしていただけだから、逃げる、というのもおかしな言いかたかもしれませんが……」

まかないの席でも、芦澤良子は一ノ瀬恭介とおなじテーブルにつくことを避けた——結果として、それはいままでどおりのことではあったが。

「芦ちゃん、最近元気ないね。食欲もないみたいだし」と芦澤良子の向かいに座る店長がめずらしく顔色を曇らせて、芦澤良子が手にする茶碗を首を伸ばしてのぞきこむように見つめていた。「いえ、なんでもないです」と芦澤良子は隣のテーブルの一ノ瀬恭介の耳に届かないよう、声をひそめた。

「そう？　なんかあったら言うんだよ」

「はい、ありがとうございます」

そのつぎか、あるいはさらにそのつぎのアルバイトの日のこと、制服に着替えて二階フロアへと階段をおりていく芦澤良子は、三階への踊り場に差しかかるところで、反対に階段をあがってくる一ノ瀬恭介の姿を眼にした。一ノ瀬恭介は坊主頭だった。

仕事中でもまかないの席でも、一ノ瀬恭介は黒の三角巾を外すことなく、仕事終わりでも芦澤良子が女子更衣室を出ると、男性スタッフはすでに六階のバックヤードに残っていないことがほとんどだったから、芦澤良子は一ノ瀬恭介が坊主頭であることにいまさらながらに気づいたのだ。仕事前の彼を眼にしたのは、彼が入社した初日の、バックヤードでの、がさがさ……ごそごそ……以来だった。そしてそのときの彼は、暗がりにぼんやりと浮かぶシルエットだった。

狭い踊り場で一ノ瀬恭介と鉢あわせとなることはもはや避けられず、すると芦澤良子の視線は彼の坊主頭よりも、その服装にむけられた。彼は上着を身に着けることなく、グレーのシャツ一枚にカーキのコーデュロイパンツといういでたちだった。どちらも厚手の生地とはいえ、いまや二月も半ばの、それも夜の真っ只中である。彼の——ある意味で——場違いな服装に眼を奪われたまま、芦澤良子はその場に立ちつくすことしかできなかった。

そんな芦澤良子の脇をすり抜けるまさにそのとき、一ノ瀬恭介は、「おはようございます」と口にしたのだ。

その言葉はたしかに芦澤良子にむけられていた。踊り場を見渡しても、一ノ瀬恭介のほかに、彼女はだれの姿も認めなかったから。

だから当然ながら、「おはようございます」と一ノ瀬恭介に返すべき場面で、しかし芦澤良子の口をついて出た言葉は、「寒くないですか?」だった。

一ノ瀬恭介はちょうど四階にむかう階段のいち段目に足をかけたところだった。彼は足をとめて振りかえり、いつもの淡々とした口ぶりで、「ニンニクですから」と言った。

「ニンニク?」

「ええ」

そのまま一ノ瀬恭介はひかえめな足音をたてて、階段をあがっていった。芦澤良子は一ノ瀬恭介の背なかを見あげながらなおも立ちつくし、いましがたの彼の言葉を反芻した。ニンニク? まるで意味がわからなかった。「ニンニクを食べたから身体がぽかぽかして、だから薄着でも平気? でもそれも変だなって」と芦澤良子は言った。

やがてインカムのイヤホンに、「芦澤さん、まだですか?」との声が届いた。バイトリーダーの兼杉からの呼びかけだった。はっと我にかえる芦澤良子は腕時計に眼をやると、二十三時をすでに過ぎていた。「すぐおります」とマイクにむかって伝えれば、彼女は急いで階段を駆けおりた。

この日のまかないは山本料理長ではなく、調理師では一番若手で二十を過ぎたばかりの塚地がつくった麻婆豆腐だった。ほとんど立ちっぱなしの六時間のあとではソファに腰をおろしただけで芦澤良子の口からはおおきなため息が洩れ出て、空腹もひとしおだった。だから芦澤良子は雑炊用の残った冷や飯のうえに麻婆豆腐を山盛りにかければ、スプーンにも山盛りにすくって、おおきく口をあけてかぶりついた。

「お、いい食べっぷりだねえ、若い女の子もこうでなくちゃ」と冗談めかして言うのは、休みの店長にかわって他店からヘルプでやってきた、国見という名の三十代半ばの男性社員だった。

「いや、お腹が空いてたんで」と芦澤良子は、「いい食べっぷり」と評されたことと、この店にきてからはほとんどなかった「若い女」と呼ばれたことに、気恥ずかしさと、そしてかすかないらだちをおぼえながらに答えて、それでも手をとめることはしなかった。気恥ずかしさやいらだちよりも、麻婆豆腐のおいしさが勝っていたのだ。

隣のテーブルにつく一ノ瀬恭介は、いつもどおりの無表情で淡々、黙々と料理を口に運んでいた。芦澤良子の頭にはなお、始業前に彼が口にした「ニンニク」がこびりついたままだったが、彼女はその謎をあえて放置することにした。「謎は謎のまま、無理に解くことはない。そう考えると、しばらく鬱屈していた気分もなんだか晴れていくようでした」と芦澤良子は言った。そして同時に、「一ノ瀬さんと顔をあわすときには、挨拶だけはきちんとしようと、決意というと大げさかもしれませんが、でもたしかにそう思ったんです」と芦澤良子は言った。

「おはようございますとおつかれさまでした、このふたつの言葉だけが私と一ノ瀬さんをつないでいました」と芦澤良子は言った。「そのほかの言葉は必要ありませんでした。深夜帯ならではというか、みんなめいめいばらばら、黙々と自分の仕事をこなしていたから、おはようございますとおつかれさまでした、それだけで十分だったんです」

芦澤良子と一ノ瀬恭介は眼をあわせることすらほとんどなく、はっきり、くっきりと発音するわけでもなく、ただただ淡々と言葉をかわした。

「おはようございます」「おつかれさまでした」

そして時は三月になって、真夜中のふぐ屋にもうひとりの人物があらわれる。

語学学校を卒業し、大学進学のために青龍がアルバイトを辞めることになったのだ。そのかわりとして雇われたのが、茅野圭太《かやのけいた》だった。

年齢は当時で二十三歳。つまり彼は——この店のアルバイトとしては——芦澤良子や一ノ瀬恭介のように、「アラ」でくくられる、はぐれ者、ではなかった。そんな茅野圭太について、「ちょっと厄介なひとがきちゃったなって、正直そう思いましたね」と芦澤良子は言った。

辞める青龍のかわりに、とはいえ、茅野圭太が入社してからも、しばらくは青龍もアルバイトをつづけた。茅野圭太に仕事を教える役目が残っていたからだ。

暖かくなるにつれて、次第にふぐ屋からは客足が遠のいていく。それも深夜ともなればなおさらのことだった。だからいまだ冬の名残りをとどめる三月とはいえ、芦澤良子は暇を持て余す時間がだんだんと増えるようになっていた。

芦澤良子がなにげなしにパントリーをのぞけば、青龍と並んで立って、仕事をするわけでもなく、仕事をおぼえるためにメモをとるわけでもなく、パントリーの外にまで届くかと思われるおおきな声でしきりと青龍にむかって話しかける茅野圭太の姿があった。「中国人の女の子って、腋毛剃らないらしいですね、あれマジですか？」「おれ、香港に行ってみたいんですよ、九龍城とかやばいじゃないですか、っていうかまだあるんでしたっけ？」「青龍さん、がたいいいですよね、なんか格闘技やってるんですか？　おれ、ボクシングちょっとやってたんですよ」

それにたいして芦澤良子の耳に届くのは、青龍の気だるげな生返事ばかり。

そもそも青龍は、一ノ瀬恭介ほどではないにせよ、おしゃべり、ということはまるでなく、芦澤良子ともわずかに軽口をたたく程度だった。そのほかの深夜スタッフについても口数は得てして少なく、たとえば店じまいのあとのまかないの席でも、ぐったりしているものもいれば、食事に夢中なものもいて……という具合に、和気あいあい、な雰囲気が漂うことはまれだった。

「それでも茅野さんは、勤務時間中でもまかないの席でも遠慮のない声で、だれかれかまわず遠慮なく話しかけていました。とはいえみんなの反応は鈍くて、でもそれにもめげずに、というとおかしな言いかたかもしれませんが、茅野さんの声が途切れることはなかったんです」と芦澤良子は言った。

そして茅野圭太のおしゃべりの矛先は、スタッフだけにとどまらなかった。

ある日、パントリーでの仕事を放ったらかして、本来はフロアスタッフの仕事である配膳も、良くいえばみずからすすんで、悪くいえば勝手に行い、そのまま客席に長居するさまを芦澤良子は目撃した。それは茅野圭太が入社して一週間と経たず、青龍も教育係として店に残っていたころのことで、つまり茅野圭太は教わる立場ながらパントリーでの仕事を青龍に任して、というより押しつけて、客と話しこんでいたのだ。これにはさすがに店長もいつものにこにこ顔を崩して、青龍とは反対に仕事を奪われぼんやりと立ちつくす芦澤良子の傍らでおおきなため息をつくのだった。茅野圭太を注意しようにも彼が客席にいる以上、戻ってくるまで待つよりほかない。「人選、失敗しちゃったかなあ」とやはり店長はめずらしく嘆きに沈む声で、そうつぶやいた。

ところがそんな店長の嘆きとは裏腹に、客席からはおおきな笑い声がわきおこるのだった。サラリーマンらしき三人組の、もっとも年配であろう白髪まじりの背なかのおおきな男は、やがて茅野圭太の肩を抱いてはひれ酒まですすめる始末で、それにたいして茅野圭太は、「さすがにこれはまずいです、首になっちゃいます」とおどけた口ぶりで答えて、するとふたたび客席からはおおきな笑い声がわきおこった。

空のグラスを手に引きかえしてきた茅野圭太にむかって店長は、「あんまりお客さんと、その、馴れ馴れしくっていうか……話すのはやめてね」と、あきらかに慣れていないというか、いかにも言いづらそうに注意をすれば、茅野圭太は、「いやあ、すいません」とその言葉とは裏腹に悪びれるふうもなく答えて、すると店長は一刻もはやくこの場から立ち去りたいとでもいわんばかりに、「ちゃんとやってね」と言い残し、そそくさと一階におりていった。

「怒られちゃいました」とわざとらしく舌をだしてみせる茅野圭太に、芦澤良子ははやくもわきおこる軽蔑と嫌悪の感情にため息をつきながら、それでも一応は先輩として、「しっかりね」と声をかけると、茅野圭太はにやりと笑って、作務衣《さむえ》のポケットからなにやら取りだした。それはくしゃくしゃになった数枚の千円札で、つまり茅野圭太ははやくも——しかもフロアスタッフではなく、パントリースタッフでありながら——チップを手にいれたのだ。それは数か月とはいえ、さきに入社した芦澤良子もいまだに経験したことがなかったからこそ、いましがたの軽蔑と嫌悪はとたんに感心にとってかわられるのだった。眼をまるくする芦澤良子に茅野圭太は、「店長には内緒で」と言って千円札の一枚を芦澤良子の手に握らせようとするので、とっさに手を引っこめる芦澤良子は、「そういうのもよくないよ、まあ今回は黙っておくけど」と言って、店長とおなじく一刻もはやくこの場から立ち去りたいと思うにも、立ち去るさきが見あたらずにおろおろとするばかりで、茅野圭太はそんな芦澤良子の狼狽などなんのその、本来の持ち場であるパントリーに颯爽とした足どりで入っていった。

教育期間を終えて青龍が退社したあとも、茅野圭太のいわゆる、やりたい放題、はとまらなかった。パントリーのなかでは——これは青龍もおなじことだったが——煙草をふかしながら、片方の耳にはインカムのイヤホン、もう片方の耳には音楽プレイヤーのイヤホンをつけて、鼻歌まじりに仕事をすすめ、そしてときおり、というか頻繁にパントリーから抜け出ては、客にまじって談笑をはじめる。客よりも同僚である芦澤良子を話し相手とするほうが自然なことだが、芦澤良子がそれを望んでいないことをはやくも見さだめたであろう茅野圭太は、不用意に芦澤良子に近づくことはしなかった。茅野圭太のそうした勘のよさ、あるいは、茅野圭太が客席に長居しては放ったらかしにしたままのパントリーをふいとのぞけば、あらかた仕事は片づいていて、というような器用さを、芦澤良子はやはり憎らしく思うのだった。

それでも、たとえばやはり客足も遠いある木曜日のこと、客席から戻ってくる茅野圭太の手に握られているのは、今回は千円札ではなく、手書きのアルファベットが羅列されたピンクのメモ用紙だった。「ナンパされちゃいました」と言う茅野圭太は、ぽかんと口をあけてメモ用紙をのぞきこむ芦澤良子に、それがメールアドレスであることをひと言添えて、パントリーのなかに入っていき、芦澤良子はそんな茅野圭太の背なかを見送りながら、やはり憎らしさはとたんに感心にとってかわられるのだった。そして座敷の客席に眼を移せば、そこには若い三人組の男女が酔いにまかせて脱力の悦に浸っているところで、その奥の席のネクタイをゆるめたふたりの男は芦澤良子のほうをむいて座っているために、そのゆるんだ赤ら顔を見ることができたものの、ブラウンのロングの髪の毛先をカールさせた女は芦澤良子に背をむけていたために、その顔を確認することはかなわなかった。やがて女はスマートフォンをテーブルの下でこっそりと操作しはじめ、芦澤良子がとっさに暖簾のあいだからパントリーのなかをのぞけば、茅野圭太もおなじくスマートフォンを操作している最中であった。

まさしく、やりたい放題、といった茅野圭太の行動のいちいちに、芦澤良子は内心穏やかではなかったものの、そのたびごとにそんな負の感情と、ひいては茅野圭太の存在までをもつとめて意識の外に追いやろうとした。「たったひとりの人間に振りまわされて、せっかくの『人生のブレイクタイム』を台なしにされたくなかったんです」と芦澤良子は言った。

しかし、やっかいな人間は現に眼の前で仕事をしており、いくら意識の外に追いやろうにも視界の内に入りこんでくることは避けられず、すると彼への意識はかえってますます強まるばかりで、いらだちとともに、その存在感までもが芦澤良子の胸のうちでますますおおきくなっていくという悪循環を生みだすのだった。とはいえ、茅野圭太は青龍のかわりに入社したのであって、だから彼とペアを組んで仕事をするのは芦澤良子よりもむしろ一ノ瀬恭介で、茅野圭太の存在を厭うのもまた、自分よりも一ノ瀬恭介なのではないか、と芦澤良子は思った。とはいえ、一ノ瀬恭介はいままでどおりの、超然とした無関心、とも呼ぶべき態度で、茅野圭太の無遠慮な介入をなんなくはねのけているのかもしれない、とも思うと、芦澤良子はいままさに上階で仕事をしているふたりの姿を思い描く、のみならず、その様子を見てみたいという、かすかな好奇心さえ抱くのだった。「でも、そんなふうに考えている自分にも嫌気がさして……というのもそれは、ただの野次馬根性ですから。それも安全圏にいたうえでの」と芦澤良子は言った。だからこそ、たとえ持ち場のフロアに客の姿がなくとも、芦澤良子は階段をあがっていくことはしなかったのだ。

よって、一ノ瀬恭介と茅野圭太がおなじ空間で仕事をしている様子を芦澤良子が眼にするのは、ふたりともが上階での仕事を終えて、二階か一階で芦澤良子と合流したのちのことだった。となればもはや芦澤良子は「安全圏」にいるとはいえず、よっていかに茅野圭太の、やりたい放題、の巻きぞえにならないか、ということを喫緊の問題として意識するあまり、茅野圭太にたいする一ノ瀬恭介の反応のいちいちを気にかけてもいられなかった。

そんな気もそぞろな状態で仕事をしていたためだろう、茅野圭太が入社して三週間ほどが経とうとしていた、週末にしては客足もやや鈍い日のこと、三時半に二階に残る客はひと組となって、そして一ノ瀬恭介と茅野圭太もすでに上階の清掃と片づけを終え、二階におりてきていた。するとパントリー内では芦澤良子は雑炊を出し終え、空いた皿とグラスをパントリーに返しにいった。芦澤良子にとって――耳障りな鼻歌を歌いながら煙草をふかしていて、芦澤良子はもはや条件反射のように胸にむかつきをおぼえては、皿とグラスを濁り水のたまったシンクにさっとつけて、さっさとフロアに戻ろうと踵をかえしたところで、フロアからの、「ちょっとしょっぱいなあ」という野太く荒っぽい声がパントリーにも届いたのだ。

なにごとかと芦澤良子が暖簾をくぐってフロアに出れば、ビールとひれ酒によって顔を赤らめた、ずんぐりとした中年男性のふたり組がともに威圧的に背をのけぞらせては、眼の前に立つ相手を見あげ、にらみつけている。その相手こそ、一ノ瀬恭介だった。

「せっかく楽しみにしてたのになあ」「これじゃあ台なしだよなあ」とふたりの客は、あくまでふたりだけの会話のように見せかけながら、しかしその視線は一ノ瀬恭介にむけたまま、呂律《ろれつ》のあやしい声もまた、ますます威圧感を増していく。それにたいして一ノ瀬恭介は顔をうつむけたままなにも答えず、すると男のうちのひとりが、「おいおい、なんとか言えよ」とさらに声色にドスをきかせて、それでも一ノ瀬恭介はなにも答えずうつむいたままで、その光景を眼にしながら一歩も動けない芦澤良子の鼓動は激しく脈打ち、額からはどっと汗の玉が吹き出てくるのだった。というのも、その雑炊をつくったのは芦澤良子であり、つまり塩加減も芦澤良子の手によるものだったからだ。「どうしよう……なんとかしないと……そう思いながらも、情けないことに私は一歩も動けないまま、足はがくがくと震えるばかりでした」と芦澤良子は言った。「でもそのとき、茅野さんが私の脇をさっとすり抜けていったかと思うと、バタバタと足音を響かせてお客さんのもとに駆け寄って、『すいませんでした』と膝頭にくっつくほどに頭をさげたんです」

突然あらわれ、深々と頭をさげる青年に気勢をそがれたのか、ふたりの客の威圧的な態度はやや影をひそめて、「つくっちゃったもんはしょうがないけどなあ」「まあなあ」と言いあい、それでも、「どうすんの？　これ」となおも――しかし今度は――茅野圭太に問いつめれば、茅野圭太は、「だしを足したらいい感じになると思います」と即答し、「ちょっとお待ちください」と言い残して一階に駆けおりていった。そしてすばやく戻ってくる彼の手にはふぐだしの入った容器が握られており、そのまま雑炊の味直しまではじめたのだ。

いつのまに雑炊のつくりかたまでおぼえたのやら、茅野圭太は少量ずつだしをつぎたし、そのつど味見をしながらやがて、「うん」と声にだしてうなずけば手をとめて、「これで大丈夫だと思います」と言い、ふたりの客を交互に見やった。芦澤良子は茅野圭太の横顔しか見ることはできなかったものの、その表情は自信に満ちて、ふたりの客もとりわけられた小鉢の雑炊をひと口食べるや、その顔色からは怒気はたちまち和らいで、「にいちゃん、なかなかやるなあ」「おう、たいしたもんだ」との声まであがるのだった。

今回ばかりは茅野圭太は客席に長居することなく引きかえしてくれば、暖簾の前でなおも立ちすくむ芦澤良子にむかって、「いやあ、セーフでした」とほっとしたように息を吐くのだったが、心底ほっとしていたのは芦澤良子のほうだった。そして茅野圭太がパントリーのなかに入っていけば、一ノ瀬恭介も空いたグラスを手にパントリーにむかってくるので、暖簾の前でやはり足が動かず立ちすくんだままの芦澤良子は、「あの雑炊、私がつくったんです。すいませんでした」と震える声で一ノ瀬恭介に告げた。すると一ノ瀬恭介はひと言、「ニンニクですから」と答えて、するりと芦澤良子の脇をすり抜けていった。「やっぱり、なんでニンニク？　とは思ったものの、それを考えつづけるだけの余裕は、あのときにはさすがにありませんでした」と芦澤良子は言った。

そして以前に他店からヘルプとしてやってきた国見が、ヘルプではなく新橋店の正式なスタッフとしてふたたびやってきた。しばらく空位だった副店長の座についたのだ。するると店長と国見は昼番、夜番をおおよそ半々でローテーションするようになり、そして深夜の仕事終わりの国見は――あいかわらずにこにこと顔をほころばせている店長とは対照的に――きまって青ざめた顔色をして、急激にやつれてしまった様子であった。

「時給で考えたら……いや、考えたくもない」とまかないの席でため息をつく国見に、隣に座る若手調理師の塚地は、「五百円、ありますかねえ」とおなじくため息をついた。

「お前、そういうこと言うなよ」

「すいません」

「それよりきみも暗い顔してないで」と国見が唐突に話しかける、その「きみ」とは一ノ瀬恭介だった。彼は国見のちょうど向かいに座っていて、国見はねぎの欠片のついた箸先を彼にむけた。「仕事終わりにぱあっとさあ、早朝ソープでも行こうや。おごったるで」

「あ、いいですね」と相づちを打つのは一ノ瀬恭介ではなく塚地だった。

「お前はだめ。ちょっと遅れたけど、彼の歓迎会だから。どうする？」と国見は一ノ瀬恭介にあいかわらず箸先をむけたまま訊く。

「っていうか、おれのほうが新人なんですけど」と隣のテーブルからだしぬけに会話に参加するのは、焼きうどんをずるずると勢いよく食べきって、満足そうに頬を崩してソファに背をもたせかけている茅野圭太だった。「おれもおごってもらっていいですか？」

「もちろん」と国見が胸を叩けば、茅野圭太も「ごちそうさまです」と芝居がかったしぐさで両手をあわせる、すると、「えらい太っ腹やなあ」と言うのは山本料理長で、「でもまあ、毎日やってらんねえしなあ」と言っておおきな笑い声をたてた。すると国見もつられるように笑って、「ほんとにもう、やってらんないす」と言葉をあわせた。

「その隙をついて、というわけでもなかったのかもしれませんが、一ノ瀬さんが突然立ちあがって、すでに空になっていた焼きうどんのお皿を手に厨房に入っていったんです」と芦澤良子は言った。

「あいつが話してるとこ、見たことないんだよなあ」と一ノ瀬恭介の背なかを見送りながら国見がぽつりとこぼせば、塚地が、「いつもあんな感じですよ」と答え、芦澤良子にむかって、「そうですよね?」と同意をもとめた。

芦澤良子は、「ええ、まあ」と返事をした。「いつもあんな感じ」なのは、たしかにそのとおりだったからだ。

「あれで大丈夫なの? 客商売だよ」と声色にいらだちを滲ませはじめる国見に、「オーダーの指示は的確だよ」とすかさずきっぱりと答えるのは、隣のテーブルの、茅野圭太の隣に座る副料理長の奥崎だった。

奥崎は一ノ瀬恭介ほどではないにせよ、それでも十分に寡黙で、だから斜向かいから突然声をあげる彼の顔を、思わず芦澤良子はまじまじと見つめるのだった。すると奥崎も芦澤良子のほうを見て、「そうだよね?」と塚地とおなじく同意をもとめてくるので、またもや芦澤良子は、「ええ、まあ」と返事をした。一ノ瀬恭介の「オーダーの指示は的確」

であることは、芦澤良子もインカムを通して知っていたからだ。

「いまのところはクレームもないしなあ」と言うのは山本料理長で、彼が持ち場である一階の厨房以外のことを気にかけているとは思ってもいなかった芦澤良子は、今度は思わず山本の顔を見やれば、山本はおおきなあくびをしているところだった。

いずれにせよ、料理長と副料理長にたしなめられる、というか諭される形となった国見は、不服そうに疲労に曇る顔をさらに歪めて、「ならいいんですけど」とふてくされるように言葉を返せば、「そういやあれ、捕まったんだって？」と隣の塚地に声をかけた。その唐突な話題転換は、ばつの悪さをごまかすためのものだろう、と芦澤良子は思った。

「あれってなんですか？」と塚地は、思わず、といった様子で眉間に皺を寄せた。

「あれだよ、あの地下鉄同時爆破テロの」と国見が言えば、今度は塚地は、「ああ、最後の逃亡犯ですよね」とうなずいた。

「そうそう、これで全部解決だよな」

「そうですかね？」と言うのは塚地ではなく、やはりだしぬけに会話に参加する茅野圭太で、すると国見は、「あ？」と鋭いまなざしを茅野圭太にむけた。

「そんなにうまくいきますかね？」と茅野圭太。

「いくだろ。こいつが捕まらなかったから裁判も終わらなかったんだし、裁判が終わらなかったから教祖や幹部も死刑にできなかったんだし」

「それはまずいですよ」と茅野圭太はなぜだか――と芦澤良子は思った――食いさがる。

「なにが？」とぞんざいに国見は言い放つ、その声色から、彼がはっきりといらだっていることが芦澤良子にはわかった。

「だって、肝心の教祖がなにも語ってないじゃないですか。それで死刑ですか？」、茅野圭太は国見のいらだちなどおかまいなしに、自説を展開する。

「狂ったふりしてだんまりしてただけだろ、自業自得だよ」

「それも推測ですよね？　ほんとに狂ってるかもしれないじゃないですか」

「だったらなおのこと語れないだろ。どっちにしてもおなじだよ」

「全然おなじじゃないですよ。ほんとに狂ってるなら、まずはちゃんと治療しないと。それもしないで、はじめから死刑ありきでここまできちゃってませんか？」

「お前、あいつらのこと擁護してんの？」と言う国見の顔はすでにしゅーしゅーと火をふくように真っ赤に染まって、ほとんど喧嘩腰で茅野圭太に言い返すのだった。それは彼自身の正義感によるものではなく、たかがアルバイトの若造に――と国見は思っているにちがいない、と芦澤良子は思った――はからずも反論を重ねられたことへの反感によるものだろう、と芦澤良子は思った。

「全然擁護なんてしてませんよ。ただ、教祖がなにも語ってない以上、このまま死刑になれば結局はなにもわからずじまいじゃないですか」

「だから、語らないのはわざとだよ。狂ったふりして」と一語一語を強調するように、国見は語気を荒らげる。

「だからそれもわからないでしょ。わからないなら裁判は終わらないはずだし、死刑は論外ですよ」

「おい、堂々めぐりしてるぞ」と、たまらず、といった様子で山本料理長が口をはさんだ。

国見はひと息ついて、いくぶん冷静さをとりもどしたように、「教祖が語らなくても幹部が十分語ったろ。わからずじまいどころか、ほとんどわかってるよ」と言った。

「ほとんどわかってる、で死刑にされちゃあ困るんですよ。死んだらとりかえしがつかないんだから」

「でもあいつらが事件を起こしたのはまちがいないんだし、あれからかれこれ二十年だぞ、税金の無駄づかいだよ」

「あんな最悪な事件に税金なんてちゃちなもん、引きあいにださないでくださいよ」

「おい、なにがちゃちなんだよ」、ふたたび国見が語気を荒らげる。

「ちゃちですよ、だって教祖に語らせるのが一番大事なことでしょ。そりゃあ語らないかもしれないですよ。仮にほんとに狂ってることがわかって、それで仮に治療がうまくいったとしても、教祖が語るかといえばおれだってわからない、っていうか正直そうは思わないですよ。でも世のなかにはやらなきゃいけない努力ってもんがあるでしょ。それをすっとばしてるようにしかおれには見えないんですよ。それで死刑って、それじゃあただの殺人ですよ」

淡々と、しかしひと息にまくしたてる茅野圭太のそのもの言いは異様な迫力を帯びて、思わず気圧されたのか、国見は険しい表情のまま茅野圭太を鋭くにらみつけるばかりで、もはや反論を口にすることはなかった。一度口をはさんだ山本料理長をはじめ、いわばギャラリーと化していたスタッフらも、近くにいながら遠巻きに眺めるかのように、無言で茅野圭太に視線を注ぐのだった。

そしてもうひとり、茅野圭太をじっと見つめる人物がいた。すでに厨房から出てきていた一ノ瀬恭介である。だれもが黙りこむなか、一ノ瀬恭介は突然、「茅野さん」と声をあげれば、茅野圭太だけでなく、スタッフ全員が一斉に振りかえった。すると今度は一ノ瀬恭介がみなの視線を一身に集めながら、しかしいつもの青白い顔色はそのままに、茅野圭太にむかって深々と頭をさげ、そしてテーブルのあいだの通路を通り抜けて階段をあがっていった。茅野圭太は、一ノ瀬恭介による黙礼の意味をつかみかねるといった様子で首をひねり、そしてそれは茅野圭太だけでなく、芦澤良子もふくめたスタッフのだれもがとった反応だった。

「国見さんはそれから、暇を見つけては各階を見まわるようになって、仕事終わりのまかないの席で、私たちにむかって細かな指摘をするようになりました」と芦澤良子は言った。「きょうずっとぼーっとしてたでしょ」「もっと元気にハキハキと、なに言ってるかわかんないから」「生樽されてたよ、ちゃんとチェックして補充しといてね」

いちいちが耳ざわりなそれらはわずらわしいものではありながら、伝えることは国見の仕事であり、聞くことは自分の仕事だと割り切って、芦澤良子は「はい」と神妙な顔をつくってみせた。茅野圭太もまた、「すいません」とその場をやりすごすためだけというような、いかにもものわかりのいい返事をして、一ノ瀬恭介もただ黙ってうなずくのだった。

「だから国見さんの登場によって、私たち深夜スタッフの仕事ぶりに変化がもたらされた、というようなことはまるでなかったんです」と芦澤良子は言った。「私と一ノ瀬さんの関係もとくにかわらず、そもそも希薄だった関係は深まることもなく、さらに薄まることもなく、あくまで、おはようございますとおつかれさまでした、の関係がつづきました」

「ところが四月がやってきて、私たちは別れることになりました。いえ、別れるなんて、ちょっと大げさですね」と芦澤良子は言った。

それは本社からの突然の通達だった。とはいえ、これから閑散期をむかえるにあたって、合理的な決定といえたかもしれない。要するに、全店とも深夜営業をやめることになったのだ。営業時間は午前零時まで。

芦澤良子をはじめ、深夜に働くアルバイトスタッフにむかって、店長はもちろん解雇を言い渡したわけではなかった。ほかのアルバイトたちとおなじように、ディナータイムに入ってほしい、という打診を店長は芦澤良子たちにしたのだ。

「みんなそれぞれ事情があると思うけど、なんとかお願いできないかな？」と言う店長は、苦悶に顔を歪めていた。その胸のうちを思うと、芦澤良子の胸も痛んだ。

それでも芦澤良子は首を横に振った。一ノ瀬恭介もおなじ答えだった。ここまでは予想どおり、といった様子で店長は深くため息をついたが、茅野圭太が、「じゃあおれも」と言ったとたんに、「え？」と不意をつかれたように彼女は頓狂な声をあげた。

この茅野圭太の答えには芦澤良子も不意をつかれる思いで、「どうして？」と、自分と一ノ瀬恭介にむかっては発せられなかった質問を、店長とともに――しかしこちらは口にはださずに――するのだった。

「いやあ、なんていうか、なんとなくっていうか」と曖昧ながらもやけにさっぱり、というかきっぱりと言う茅野圭太に、店長も「そう」とつぶやくだけで、しかしその声色からはたしかに店長が残念がっていることが芦澤良子には伝わって、だから茅野圭太は、いまやこの店にとって必要な人材と見なされていることもまた、芦澤良子には伝わるのだった。

最後の日、まかないの席には山本料理長特製のローストビーフ丼が並んだ。芦澤良子はわずかでもない感慨とともに、ひと口ひと口をじっくり、ゆっくりと味わった。「もともとずっとやるつもりもなかったし、まあ予定よりは短くなっちゃったけど、ちょっと遅めのモラトリアムももう終わりなのかなって。ローストビーフ丼を食べながらそう思ったことは、いまもはっきりとおぼえています」と芦澤良子は言った。

「それで着替えをすませて更衣室を出ると、バックヤードには茅野さんと一ノ瀬さんがまだいた、っていうか、私を待ってたんです。で、茅野さんが、『連絡先、交換しましょうよ』って、スマホを差しだすものだから、断れなくて……まあ断る理由もなかったんですけど」と芦澤良子は言った。そして、芦澤良子にとって――「もしかしたら入社してから一番」と芦澤良子は言った――意外だったのは、一ノ瀬恭介の手にも――こちらはいわゆるガラケーだったが――携帯電話が握られていることだった。ともあれ、芦澤良子は茅野圭太と、そして一ノ瀬恭介と連絡先を交換しあい、「おつかれさまでした」と言いあって、店を出た。「とはいえ、それからも連絡をとりあうだなんて思ってもいなかったんです。たぶんこれっきりになるだろうなって」と芦澤良子は言った。

「でも、そうはならなかった」とぼくは言った。

「ええ。茅野さんとはそれっきりなんですけど、なぜだか一ノ瀬さんとはつづいたというか、会話をするようになったのはむしろそれからで……まあ会話といっても、電話したのはたしか一回もなくて、メールばっかりだったんですけど」

「すぐにですか?」

「え?」、芦澤良子は思いがけないことを訊かれたかのように、眼をまるくした。

「いや、メールのやりとりをするようになったのは……」

「ああ」と芦澤良子は珈琲カップに手を伸ばし、とっくに冷めているであろう珈琲をゆっくりとすすって、ひと呼吸おいた。それから今度は懐かしそうに眼を細めて、「すぐではなかったです。バイトを辞めて、一年くらい経ってからかな……私のほうから、『お元気ですか?』って。なんかふっと思いだしたっていうか」と言った。

「でも、茅野さんにはメールを送らなかったんですよね?」とぼくは意地悪い笑みを浮かべながら訊いた。

「ええ」と芦澤良子も、ふふ、と鼻から息を洩らして笑った。「そういえば、『飲みに行きましょう』って、こちらはすぐにきましたね。でもまあ、のらりくらりと」

「かわした?」とぼくが言えば、ふたりして笑い声をたてた。ぼくはこれ幸いと、「それじゃあ、一ノ瀬さんとはどんな?」と思いきって踏みこんだ質問をした。

「ええと……」と記憶を探るようにしばし口ごもってから芦澤良子は、「たわいもない、というか、あたりさわりのないものでしたよ。ありきたりですけど、やっぱり、『お元気ですか?』とか」と言った。

「それにたいして一ノ瀬さんは？」

「『はい』と」

「ひと言だけ？」

「はい」と芦澤良子が言えば、ぼくらはふたたびふたりして笑いあう。「でも、らしいなあって、かえって懐かしくなっちゃいましたけど」

「じゃあ、しばらくはそんな感じで？」

「しばらくっていうか、ずっとそんな感じでした」

「でも、一ノ瀬さんに茉莉さんを紹介したのは芦澤さんですよね？」

「ええ、そうですね」

「ならやっぱり会話らしい会話は？」とぼくはどこまで踏みこんでいいものやら、ためらいながらもそう訊いた。

「近況報告っていうか、仕事について訊くこともたびたびあって、そしたらちょくちょくかわったりもしてて」

「なかなかあわなかったんですかね？」とぼくが口をはさめば、芦澤良子は首をかしげるので、ぼくは慌てて、「いや、仕事内容とか」と言葉を添えた。

「ああ」とうなずく芦澤良子は、「そうですね、独特なひとでしたから」と言った。

その言葉に、深い実感、のようなものを見いだすぼくも、「たしかに」と深い実感をこめてうなずいた。

「で、『大変ですか？』とか『がんばってください』って、やっぱりあたりさわりのないメールを返して」

「それに一ノ瀬さんは？」

「『忍辱《にんにく》ですから』って」と言う芦澤良子は思いだすようにちいさく笑って、「でもお店ではなんのことやらさっぱりわからなかった謎が、やっとのことで解けたんです」とつづけた。

「謎？」

「ええ。文面になってはじめて、『ニンニクですから』が『忍辱ですから』に変換されて」

しかしそれを見るのではなく聞くぼくは、彼女の言わんとしていることをつかみかねて、思わず眉をひそめた。そんなぼくの反応にたいして、芦澤良子はもどかしそうにやや早口になって、「つまり彼がお店で言っていた『ニンニク』っていうのは、あの、食べもののニンニクのことではなくて……これは調べてわかったことですが、仏教の言葉だったんです。耐え忍ぶ、という意味の」と言った。

「なるほど」とぼくはうなずいてみせつつも、このあたりで本題に入るために、「それで茉莉さんには、どんな経緯で一ノ瀬さんを？」とやや強引に軌道修正をした。

「あれもたしか……」と芦澤良子は宙を仰いで、「『仕事を辞めました』っていう一ノ瀬さんからのメールがあって、それ自体は見慣れた文面だったんですが、でもそのときはそれで終わらなかったんですよね」と言った。

「というと?」

「なんか、困ってる、って直接そう書いてあったわけではないんですが、このまま東京にいていいのか? みたいな……私にむかってというより、自分に問いかけるような感じで」

「それで茉莉さんを紹介したんですか?」

「紹介というか……山梨の山奥に移住した友達がいる、みたいなことは、まあ世間話のつもりで伝えたら、思わぬ食いつきというか」

「一ノ瀬さんも移住すると?」

「いえ、そこまでは……でも、メールの内容ががらっと変化しました」

「変化?」

「ええ。それまでのひと言返信が嘘みたいに……」

芦澤良子は束の間、言葉を探すように口をつぐんだ。ぼくもまた口をつぐみ、つづきの言葉を待った。

「……言葉少なに、というのはあいかわらず、でも、『実は』と一ノ瀬さんが過去を打ち明けはじめて」

思わぬ話の展開に、ぼくの胸はきゅっと締めつけられるようだったが、それでもなんとか、「知っていたんですね」と口にした。しかしすぐさま、芦澤良子が、それ、を知っていたとしても、なんら不思議ではないことに思いあたるのだった。

それでも芦澤良子もまた、なんとか声を振りしぼるように、「ええ」と口にした。

「どうしてまた、一ノ瀬さんは……」と困惑を引きずりながら、ぼくは言った。

「語る気になった？」

「はい」

芦澤良子はふたたび言葉を探すように口をつぐみ、やがて、「たぶん、ですけど、私からの『山梨』というワードに反応したんじゃないか、ということと、それから……」と言った。

「それから？」、あきらかにとまどい、口ごもる芦澤良子をうながすように、ぼくは彼女を見つめた。しかし、芦澤良子は眼をふせたまま、「ちょうどその時期に、教祖たちの死刑が執行されて……」とつぶやくように言った。

「……なるほど」と相づちを打ちながらもぼく自身、納得しているのか、しかねているのか、そのはざまで揺れ動く思いだった。

しばしの沈黙の時が流れ、ふう、とひと息つく芦澤良子は、「でも突然のその告白があってからは、話がとんとん拍子にすすんで」とわずかに肩の力の抜けた声をあげた。

「一ノ瀬さんは移住した？」、ぼくもほっとした気分で話題を戻した。

「そうですね」

そしてふたたびしばしの沈黙の時が流れた。その沈黙は、ぼくの逡巡がもたらしたものだった。それでもぼくは、やがてかばんのなかから一通の封筒を取りだし、そしていまだ迷いを断ち切れないまま、それをおずおずと芦澤良子の前に差しだした。

芦澤良子はその分厚さにまずは眼を見開き、そして封筒に記載された差出人と受取人の名を見て、さらにおおきく眼を見開いた。

差出人は一ノ瀬恭介であり、そして宛名には、ほかならぬ「芦澤良子様」と書かれてあったのだ。

「なかに入っているのは手紙です。一ノ瀬さんが失踪したあと、彼の自宅で見つけました。つまり、手紙はあなたに差しだされることはなかった。そんな宙ぶらりんともいえる手紙を、あなたにお渡ししていいものやら……正直なところ、いまもわかりません。茉莉さんは、『やめたほうがいい、わけあって、一ノ瀬さんは差しださなかったんだろうから』と言いましたが、ぼくは、だったら破棄されなかったことにもわけがあるはず、と考えたんです。つまり、だれかの手を経由してあなたに届く……そんなことを一ノ瀬さんは期待したんじゃないか、と」

「どうしてそう思うんですか?」、芦澤良子はためすような眼をぼくにむけた。

「もとより誤配や紛失といった不確実性をはらむ郵便に、さらなる偶然性をあたえること……つまり、そもそも手紙は発見されないかもしれない、あるいはだれかが発見したとしても、その人物はそのまま手紙を棄ててしまうかもしれない……しかしそうはならずに手紙が無事にあなたのもとに届いた暁には、手紙そのものの正当性がより強固なものとなる……うまく伝わるかどうかわかりませんが、一ノ瀬さんはそんなことを考えたんじゃないか、とぼくは考えました。とはいえ、一ノ瀬さんはぼくがこの手紙を発見し、差しだすことまでをも予見し、自宅の机のうえに置いたままにしておいた可能性も大いにあると思います。となればこれは、ぼくに差しだされた手紙、ともいえる」

「ということは、あなたも読まれたんですか？」

「いえ、そういう意味ではなく……」とぼくは慌てて手を振った。「ぼくが受けとったのは、一ノ瀬さんからのメッセージです。つまり――」

「私に届けろと」

「そうです」

「考えすぎじゃないでしょうか？」

「そうかもしれません」

芦澤良子はあいかわらずためすような眼をぼくにむけたまま、「読むかどうかはともかく、受けとらせてはいただきます」と言った。それからもう一度、ふう、と深く息を吐いて、封筒をかばんのなかにおさめた。

一ノ瀬恭介の長い手紙

《芦澤良子様

長らくご無沙汰しています。一ノ瀬恭介です。お変わりなくお過ごしでしょうか？こうしてあなたにむけて手紙を書くのは、はじめてのことですね。Eメールでのやりとりは以前よりいくらかさせていただきましたが、私がこの町に移住したのちは、めっきりその機会も減ってしまいました。だからこそ、突然のこの手紙に驚かれるかもしれませんが、どうかご容赦くださることを願います。

さて、茉莉さんより五月の連休にあなたがこの町にやってこられると聞き、私も久かたぶりにあなたとお会いできることを楽しみにしていました。しかし、なにやら物騒なウイルスが災いをもたらしており、あなたがこの町にやってこられないまま、気づけば六月も近づき、すでにどんよりとした雲が空を覆っています。

ですから、そのかわりに手紙を書くことにした、というわけではありません。きっと直接面とむかったところで、あなたに告げることはできないでしょうから……ともあれ、誠に勝手ながら、こうしてあなたにむけて手紙を書かせていただきます。

おそらく長い手紙となるでしょう。あらかじめ申し伝えておくとともに、かさねてご容赦いただければ幸いです。


この手紙で私は、「私のこと」を終わりにする、そんな心づもりで筆をとっています。つまりは私にとっての最後の告解……そしてその相手として、私にはあなたのほかに思い浮かぶひとがいませんでした。それはきっと、長年あなたとかわしてきた——主にEメールでの——会話そのものが、すでに私にとって告解のようなものであり、その終着点としてこの手紙が書かれるであろうと、そんな予感をすでに抱くからです。

とはいえ、いざ書きはじめてみると、私自身がいまだ混沌の渦にのみこまれ、整理が追いつかない状態ですから、たいへんまわりくどく、読みづらいものとなってしまうであろうこともまた、お許しください。あなたの寛容さに甘え、胸のうちをすべて吐きだす覚悟で、私は筆を握っています。

さて、前置きすらずいぶんと長くなってしまいました。そろそろ本題に入っていきたいと思います。


だれよりもあなたがご存知のように、茉莉さんを頼って私はこの町にやってきました。

そしてそれは、最善の選択であったことを疑うつもりはいっさいありません。

教団が事件を起こしてから二十五年……その長い歳月が過ぎたいまもなお、私はあの日々のことを考えずにはいられない……いや、考えることをやめるわけにはいきません。歴史にifはない、などと言いますが、私にとって、ifはやはり呪縛なのです。だからこそ、そんな呪縛をひとつひとつ解きほぐすようにして、これまでなんとか生きてきたのです。

そしてこの町に移住して、あらためて私はこれまでの道のりを、あやまちを、冷静な心もちで振りかえることができるようになりました。そしてかつてない前向きさで、これからの人生と向きあおうとさえ思うようになりました。

そのきっかけをつくってくれたのが、あるひとりの青年だったのです。

私よりも二十歳も若いその青年の名は、楠木尊といいます。歳こそずいぶん下ながら、彼は私にたくさんのことを教えてくれました。

学ぶ気持ちさえあれば、この世界のすべてが教師となります。ひとも、そのほかの生きものも、あるいは生きものでないものも、すべてが教師であることに気づけば、この世界がどれほどの豊かさに満ちあふれていることか、愛おしさとともに思い知らされるのです。

一畳の真っ暗な独房のなかに閉じこめられ、ただひとりのみを師と仰ぎ、マントラを唱えつづけていたあのころ、私の視野はいかに狭いものであったかを、この町で、ひとに触れ、自然に触れ、ものに触れ……たくさんの教師たちから教え諭されてきました。そして楠木君ももちろん、そんな教師のひとりでした。

彼がこの町にやってきたのは、一年あまり前のことでした。

私はそれより半年はやく、つまり一年半ほど前にこの町の最奥にあるN集落にやってきたことはあなたもすでに知るところのことですが、茉莉さんのゲストハウスにときどき顔をだす程度で、集落のひとたちとの交流も避けるようにして、茉莉さんの紹介で借りた古い二階建ての一軒家にほとんど引きこもっていました。一軒家は茉莉さんのゲストハウスからもほど近いのですが、町を縦に貫く川沿いの県道からはすこし離れた小道の切通しのむこうにあって、ですから秘境といわれる山奥のなかでもさらに孤立している印象があります。この町に移住したのち、私はそこでじっと息をひそめていたのです。まさに隠遁者ともいうべき暮らしぶりです。

たしかにこの町へは、そんな隠遁者のような暮らしをもとめてやってきたともいえるのです。東京にいたころも、人混みに揉まれながらも精神的には隠遁生活を送るというか、つとめて孤独をもとめていたところもありましたが、そんな孤独を、山奥で孤立することでさらに徹底したものにしようという心づもりだったのです。

けれどもよくいわれるとおり、田舎の人づきあいは都会のそれとはまるで異なります。

それは私の暮らすN集落も例外ではなく、たとえば茉莉さんはゲストハウスのオーナーとして、よそからやってくる観光客へはもちろん、集落のひとたちとの交流にもけっして手を抜きません。そもそも茉莉さん自身が移住者ですから、なおのこと集落のひとたちへの歩み寄りというか、濃密な人間関係をつとめて築いているのです。

ところが私はといえば、茉莉さんとおなじくよそ者の移住者でありながら、集落のひとたちから逃げるようにして、切通しのむこうの一軒家のなかで息をひそめていました。それは、村八分なんて怖れない、ということではなく、なんというか、煩雑な人間関係は茉莉さんに任せてしまおう、彼女がうまくやってくれるだろう……もっといえば、茉莉さんが盾になってくれるだろう、とそんな甘ったれた考えが根本にあったからでしょう。そして自分はひとり孤独に過去と向きあおう、それが最善の道なのだ、といまにして思えば、この考えもまた甘えでしかありません。

というのも、一軒家のなかで、ひとから逃れ、息をひそめていることは、ある意味では狂信者であったあのころ、狭い独房のなかでただひとりのグルに帰依をし、マントラを唱えつづけていた状態となんら変わらないからです。それよりも、考えかたも価値観も異なるひとたちと接し、広々とした自然の空気を胸いっぱいに吸って、日々の変化と向きあう……それこそが過去のあやまちからの脱却の道であり、私にとってなによりも大切なことだったのです。そしてそれを教えてくれたのが、ほかならぬ楠木君でした。楠木君こそが、私を切通しのむこうの一軒家から、そとの世界へと引っ張りだしてくれた当の本人だったのです。

こうして私は――ほんとうの意味で――この町で、この集落で生きるようになりました。秘境といわれる山奥のなかで、あらためてこの世界の豊かさと、儚さを感じながら、空と大地の狭間のちっぽけなひとつの存在として、一歩、また一歩と歩みはじめたのです。

＊

楠木君とは、茉莉さんのゲストハウスで出会いました。私は隠遁生活を送りながらも、ときどきは茉莉さんのところで夕食をお世話になっていて、その日も夕方の六時過ぎに自宅を出て、ゲストハウスにむかったのです。まだ肌寒い春さきのことで、板の間の囲炉裏には炭がくべてありました。そこで暖をとっていたのが楠木君だったのです。

彼の第一印象は、正直にいえば、とても無愛想な青年、というものでした。私自身、とやかくいえる筋合いではないのですが……。

その日、ゲストハウスには茉莉さんのほかには私と楠木君しかおらず、茉莉さんはちょうど土間で夕食の支度をしているところでした。ですから板の間で私たちはふたりきり、でも私から彼に話しかけることはせず、楠木君から話しかけてくることもなく、お互いにうつむいたまま、背をまるめて囲炉裏に手をかざし、そのうち板の間に顔をだした茉莉さんがそんな私たちを見るや、ぷっと吹きだし、こう言いました。

「ふたりともおんなじような格好して、なんだか兄弟みたいね」

兄弟、というにはあまりに歳が離れていましたが、それでも茉莉さんの発言によって、はじめて私たちの眼があいました。それで軽く会釈をかわして、けれども言葉をかわすことはなく、その日はそれきり。彼はさっと立ちあがって、ゲストハウスをあとにしました。

それからたびたび茉莉さんのゲストハウスで彼を見かけるようになりました。とはいえ、私がゲストハウスに顔をだせば、彼はそそくさとゲストハウスを去り、その逆もまた然り。私たちが言葉をかわす日は、なかなか訪れはしなかったのです。

さて、ここですこし話が逸れますが、あなたがこの五月にはじめてやってくるはずだった茉莉さんのゲストハウスについて、すこしばかり書いておきたいと思います。私よりも茉莉さんとはずっと旧知の仲であるあなたは、茉莉さんから多くをすでに聞き及んでいることでしょう。しかし私がこの地で実際に見聞きしたこともふくめて、あらためて伝えさせてください。

茉莉さんのゲストハウス「うつろいのすみか」は、山奥の、いわば僻地ともいうべきところにあって、ですからそれほど多くのひとが訪れるわけではありません。それでも、江戸時代からあるという兜造りの古民家を改装したゲストハウスは、秋になれば真っ赤に染まるモミジの葉に囲まれて、というよりも包まれるようで、オープンして三年に満たずしてはやくも知る人ぞ知るこの町の名所となっています。インターネット（SNSというらしいですね）でも話題を呼んで、いまでは東京だけでなく、全国からもひとがやってくるようです。

茉莉さんのゲストハウスのほど近くには、「秘境の霊湯」と呼ばれる、なんでも夢枕に立った白髭の老翁のお告げに導かれて、古代に天皇が湯治を行ったとされる温泉がありま す。そこを目当てに温泉ファンがやってくるということは以前からあったようですが、いまでは茉莉さんのゲストハウスを目当てにN集落にやってくるひともいるとのことですから、やはり茉莉さんのセンスは抜群なのでしょう。

いつぞや茉莉さんが発した言葉に、私の胸は強く打たれました。茉莉さんは、この町の、このN集落に移住してから、「描く絵が変わった」と言うのです。それはモチーフだとか、そういった表層的なことではなく、もっと本質的なものだといいます。

そこで移住後に描かれた絵と、東京時代に描かれた絵を見比べさせてもらったのですが、なんといえばいいのでしょうか……この地で描かれた絵は自立しているというか――そもそも芸術の知識も理解も浅い私がいくら言葉を重ねたところで、あなたには伝わらないかもしれませんが――たとえば花が描かれているとするならば、その花は、端的に美しい。でもそれは、茉莉さんがその花を美しいと感じ、筆を動かしたからというわけでもない。花が咲く。けれども花はみずから、その花がみずから美しく咲こうとしているからでもない。花が咲く。けれども花はみずから美しく咲こうとはしていない。ただただ、花は咲く。それこそがこの世界の法則、本質であって、その営みにおのずと美しさが宿る……その美しさを茉莉さんはとらえ、共振し、キャンバスにうつしとっている。そしてそれは、東京時代の茉莉さんの絵のなかにはない美しさであると、私には感じられたのです。

とはいえそれはあくまで私の感想であり、茉莉さんはまたちがった変化を感じているのかもしれません。それでも私自身がこの町にやってきて、自分の内面に起こった変化は、いま書いたところの――私が感じる――茉莉さんの絵の変化にも通じるところがあるように思ったのです。

さて、もとの路線に戻しましょう。楠木君のことです。

茉莉さんのゲストハウスで彼とはじめて顔をあわせてから、ひと月ほどが経ったころです。いまよりまさに一年ほど前のことですね。四月が終わって元号が変わり、世のなかがお祭りムードだったのかどうか……世相はあまりにも変わってしまったためにもはや思いだせないほどに遠い昔のようですが、それでも長い連休で各地は賑わっていたはずで、それはこの町も例外ではありませんでした。都会の喧騒から逃れて、穏やかでゆったりとした時間をのぞむ観光客たちがN集落にやってきては、茉莉さんも忙しそうに額に汗を浮かべていました。私もそんな茉莉さんを手伝うのが筋ではあるとわかっていながら——まったくもって情けない話ですが——自称隠遁者という身分に甘えるように、その時期は茉莉さんのゲストハウスにはつとめて寄りつかない、というか避けるようにして過ごしていたのです。そんなある日の昼下がり、散歩がてらに集落の手前にあるダム湖の吊り橋を渡ったさきにある、八幡神社にむかった私は、石段をのぼって鳥居をくぐりました。すでに初夏の陽気さえ思わせる日射しは境内を取り囲む木々に遮られ、ひゅーと吹くひと筋の風が全身を撫でれば、なにかこう、神秘的ともいえる力が身体の奥底からわきでてくるようで、するとかえって心はすーっと静けさに包まれていくのでした。

そもそも私がこの町に移住することを決意した理由の最たるものには、法華経の聖地である霊山の存在がありました。町の北側にあるN集落からは正反対の、南側にあるその霊山には、いまも多くの修験者たちが行きかっています。

教団にいたころの私は、自然のなかに信仰をもとめることなど、考えもしませんでした。それは邪道、これが教団の教えだったのです。教団の教えのみが「聖」であり、修行者を解脱に導く存在はグルだけ。ですから暗くてジメジメとした一畳間にほとんど監禁されるようにして、かつての私は修行に励んでいました。

ところが教団を脱会し、しかしなおも信仰からは脱却することができずに苦悩に苛まれていた私を癒やしてくれたのが、ほかならぬ自然だったのです。当時、おなじく教団を脱会した元信者たちとともに、私は全国各地の寺社仏閣や霊山を巡りました。そうした場所を訪れるうちに――長い時間をかけ、すこしずつではありましたが――私の心に灯りはじめたのは、ある神聖さの感覚だったのです。それはかつて教団で感じたことのない神聖さでした。それは内側からも、外側からもわきおこる神聖さとでもいいましょうか……そうした神聖さを感じる経験を幾度もすることで、かつての教義を――これもまたほんとうに長い時間をかけて、すこしずつ――相対化していくことができたのです。

この町に移住して霊山にのぼったとき、山頂でまっさきに眼に飛びこんできたのが、眼前にそびえる富士でした。私は霊山が放つパワーを全身のすみずみにまでとりこむように深く息を吸いながら、「ああ、あの富士の麓の道場の、真っ暗な一畳間で、私はなにひとつ疑わずに修行していたんだなあ」と、かつてを思いだしてはそんな感慨に耽り、憐れみとともに懐かしささえこみあげてくるのでした。すると自然と涙が頬を伝ったのです。

……度重なる脱線にさすがに自分でも呆れてしまいます。さきをつづけます。

五月の連休中にダム湖の吊り橋を渡って、八幡神社に足をむけたときのことです。石段をのぼって鳥居をくぐり、さらに境内の石段をのぼって社殿にむかう途中で、とっさに私はひとの気配を感じたのでした。ですからそちらのほうをふいと見やれば、樹齢九百年といわれる、この神社の御神木を撫でているひとりの姿が眼にとまり、眼を凝らせば、それが楠木君であることがわかり、そして彼が撫でているその御神木こそ、クスノキであることに私は思いいたったのです。

私の視線を感じたのか、彼もまた私のほうに顔をむけました。木々に囲まれた薄暗い境内のなか、私たちはしばらく無言のまま眼をあわせ、やがて会釈をかわしました。ここまではこれまでどおり、しかしこれまでと異なるのは、私から「こんにちは」と彼に声をかけたことです。のみならず、私と眼があいながらも、なおクスノキを撫でつづけている楠木君にむかって、枯れ葉を踏みつけながら、私はゆっくりと近づいていったのでした。

「この木はアマテラスの力を授かって、だからこれほどの大木に育ったそうですよ」とクスノキの傍らで立ちどまった私は、いつ、だれに聞いたものやら定かでない、そんな曖昧な知識を楠木君に伝えました。すると楠木君はあいかわらずクスノキを撫でつづけながら、「ぼくは楠木といいます。この木とおなじ名前です」と消え入りそうな声でそう言いました。

ここではじめて私は彼の名を知ったのですが、いまにして思えば、会話として成立しているかもおぼつかない、そんな会話を私たちはして、それきり口をつぐみました。そしてふたたび会釈をかわして、そのまま私は楠木君に背をむけて、社殿にむかいました。参拝が終われば、楠木君の姿はもう境内にはありませんでした。

そして長い連休も終わり、観光客の姿を眼にすることもまれになり、茉莉さんのゲストハウスでふたたび楠木君と顔をあわせるようになりました。八幡神社でのあのときのことを、お互いが口にすることはどういうわけだかありませんでしたが、私たちはもう避けあうようなことはしないで、ゲストハウスの板の間や、縁側で、徐々にですが言葉をかわすようになりました。

楠木君は私がはじめて茉莉さんのゲストハウスで彼を見かけた、まだ肌寒い春さきの、まさにそのころにN集落にやってきたようです。歳は当時で二十四歳。愛知の大学を卒業し、一度は就職したものの、半年と経たずに辞表を提出したといいます。そしてN集落から二キロほど下った県道脇の、親類が経営しているという旅館を手伝いながら、このさきのことをじっくりと考えるつもりでこの町にやってきたとのこと。ところが当の旅館は、彼がやってきたときには閉館することがすでに決まっていたというから、「いかに行きあたりばったりな行動だったか……」と彼は言ったものですが、とにかく、いつまでも旅館に居座りつづけるわけにもいかなくなったのです。それでも偶然のようにして出会った、N集落の八幡神社のクスノキにすでにおおきな愛着を抱くようになっていた彼は、もはや愛知に戻りたいとは思わず、この町で、というよりこのN集落で暮らしてみたいと思うよらになりましたが、なにぶんちいさな集落です。家も仕事も、そう都合よく見つかるわけもなく、どうしたものか困っている……というようなことを、それこそ、ぽつり、ぽつり、といった具合に長い時間をかけて、彼は私に語ってくれました。

そして今度は、私が彼に語る番となりました。

まだ梅雨入りこそしていなかったはずですが、それでもどんよりと曇ってはすでに蒸し暑さにじわじわと汗が滲む、そんな季節でした。私は茉莉さんのゲストハウスの板の間の、隣の畳の間で――いまやかつての信仰とは無関係に、人生の習慣として――ヨーガをしていました。

楠木君は縁側でぼんやりと私を見ていました。彼の視線をずっと感じながら、それでも私はかまわずヨーガをつづけ、一段落したところで汗をぬぐいながら彼の隣に腰をおろせば、「宗教に興味があるんですか？」と唐突に彼は私にたずねてきたのです。

そのとき私は、その質問にとくに深い意味を読みとることもなく、「いまでは美容や健康法として、若い女性たちがこぞって教室に通っているそうだよ」と答えました。

すると楠木君は、「でもあなたがやってるのは、いわゆるエクササイズ的なものではないですよね？　つまり……チャクラを開き、究極的には宇宙とひとつになるためのヨーガでしょう？」と言いました。

　ここへきて私は驚きに胸をどきりとさせながら、「ずいぶんと詳しいんだね」と彼の眼を、それこそまじまじと見つめながら答えました。

「それほど詳しいわけではありません。ただ、これまでもちょくちょくあなたのヨーガを見てきて、ああ、これは単なるエクササイズではないなと、なんとなくですが、それはわかったような気がして……」と言う彼の顔はやや赤らんで、それでいてどこか得意げでもありました。彼のそんな表情を見たのははじめてのことでした。

　だから、ということもあれば、私もいろいろと彼に訊いたということもあって、私のこれまでについて彼に話すことにしたのです。彼とおなじように、長い時間をかけて。

　それはもうすでにあなたはご存知のことですから、ここに詳しく書きはしません。要は、十九歳で大学を中退し、教団に出家したことや、教団がテロ事件を起こしてもなお信仰を棄てきれずに教団にとどまったこと。事件から五年後の教団の分派を機に、やっとのことで脱会する決意にいたったこと。そののちの東京での孤独な生活のこと。そして茉莉さんを頼って、この町の、N集落に移住したこと、などです。それらを茉莉さんのゲストハウスの縁側に並んで腰かけながら、楠木君にむかって、そして同時に私自身も追想するような心もちで、ぽつり、ぽつり、と話していきました。

　私の過去について、彼が嫌悪感や、あるいは恐怖心を抱くとしても、それはそれでかまわない、と私は思いました。あなたをはじめ、私が過去について打ちあけた相手は数少ないものの、そのたびに私は――やけっぱちな気持ちなどではまったくなく――隠さないことで過去と向きあいつづける義務、というか責務があると感じてきましたし、ですから楠木君が私の過去を知ることによって私のもとを離れていったとしても、それは私の責任であり、そして彼の選択として受け入れようとしたのです。

　ところが彼の眼は、私の話を聞くたびに、なぜだか輝いていったのです。質問などで私の言葉をさえぎることもほとんどなく、ただただ眼を輝かせては私の話にじっと耳をかたむけていました。

　そうこうしているうちに惜しみなく陽の光が降りそそいでは、四方の山々に密生する樹木からたちのぼる、むっとみずみずしい夏のにおいがあたりを色濃く包むようになりました。そして町に、ひとりの若い新聞記者がやってきました。なんでもひと月かけて、町で「移住体験」をするといいます。

　松田という名のその記者は、N集落のとある老夫婦の家に間借りし、そこを拠点に町全体の取材に赴くとのこと――私の耳にもこうした情報はちらほら聞こえてきたものの、正直なところ、とくに彼の行動に注意を払うこともなければ、興味を持つこともありませんでした。ですから七月のあいだ、彼の姿をたびたび眼にはしたものの、こちらから接触を試みることはなく、また彼のほうから私に話しかけてくることもありませんでした。

それでも八月になって、全五回の移住体験記が新聞に掲載されると、私は茉莉さんのゲストハウスで記事を読ませてもらいました。そしていまさらながらに、自分がこの町についてほとんどなにも知らないことを知りました。

連載の最終回にはN集落も取りあげられており、そこでは近年の移住者の増加によって、集落の住人はいまでは三十人ほどに増えていること、二年前に移住してきた一家に子どもが生まれたことで、N集落では十数年ぶりの命が誕生したことなども書かれていました。記事を読みながら思わず感嘆の声をあげる私に、茉莉さんが、「もう、どれだけ疎いのよ。すぐそこの話よ」と苦笑いを浮かべたものです。

前年の冬に子どもが生まれたことによって、集落全体が大騒ぎになっていたことはたしかに「すぐそこの話」でありながら、切通しのむこうの一軒家でひっそりと暮らす私の耳には届かなかったのです。つまり、私がどれだけ歪んだ隠遁生活を送っていたかを、記事によってあらためて思い知らされたのでした。

そんな私の隣では、楠木君がその前日の、つまり連載の第四回の記事を読んでいました。彼の顔色は険しく、眉間にきつく皺を寄せているものだから、私は思わず、「どうしたの?」とたずねました。すると彼は広げた新聞紙面を私の顔に突きつけるようにして、「彼らのこと、知ってましたか?」と言うのです。

私は開いていた新聞をいったん畳んで脇によけ、楠木君から受けとった新聞を読みはじめました。

そこで紹介されていたのは、東京から移住してきたという、三十代前半の男性がひとりと二十代後半の女性がふたりの、三人の若者でした。彼らはこの町の中央部の、N集落から十キロほど下ったところにある集落で農業に励んでいました——こう書けば、都会に疲れて田舎で伸びやかに……とステレオタイプな移住者の姿をイメージするかもしれませんが、彼らの特異なところは、この町で半世紀前に途絶えたという味噌づくりを復活させようとしている点にありました。

もとはこの町には縁もゆかりもない若者たちが町の伝統を復活させようとしていること、また、大豆の豆まきや石窯の修復が体験できるイベントを企画し、県外からもひとを呼びよせていること……まさに外部の若い力が、過疎化と高齢化が顕著な田舎へ新しい風を吹きこんでいる……この第四回の記事は特に——それは読者の胸にさえ——希望の息吹が芽生えるような、そんなすばらしい記事だと私は感じました。

ですから私は率直な感想として、「おもしろいひとたちがいるねえ」と楠木君に言いました。というよりも、みずからが暮らす集落のことさえろくに知らなかった私は——おなじ町民でありながら——彼らのことも当然のごとく知らなかったのであり、まるでよそごとのように、「おもしろいひとたちがいるねえ」と言うしかなかったのかもしれませんが……。

しかし、私の隣で楠木君はあいかわらず顔をしかめながら、私から新聞を奪うようにしてふたたび記事に眼を落とし、しばしの沈黙ののちに唐突に、「ぼくらもやりましょう」と言ったのです。

私はその言葉の意味がわからず、とまどいながらに、「なにを?」と訊きました。それでも彼は紙面から顔をあげず、またなにも言わないので、「味噌づくり?」と質問を重ねたところ、やっとのことで彼は新聞を畳んで床に乱暴に放り置き、私の顔をしかと見据えて、「まさか、彼らとおなじことをしてどうするんですか」と言いました。その口調にははっきりと棘がふくまれて、そんなもの言いをする彼を見たのははじめてでした。

彼が三人の若者に対抗心を燃やしていることはあきらかでした。しかし、それがどうしてなのかは私にはわかりませんでした。ですから私は、「それならなにをするの?」と、それまでの会話のつづきをするにとどめました。

「そうですねえ」と彼は顎に手をあて、考えはじめました。そのまま十分、二十分……彼は黙って考えこんで、それでも答えは見つからなかったようです。結局この日、彼の口からはもう言葉は出てきませんでした。

それから二日後、茉莉さんのゲストハウスの縁側に腰かけていた私にむかって楠木君は、「祭りをやりましょう」と声をかけてきたのです。その声は、それまでに聞いた彼のどんな声よりも弾んだものでした。

なおも声を弾ませ彼は言いました。「かつてこの集落で行われていた夏祭りが、もう四十年も中止のままになっているそうです。だから、ぼくたちの手で復活させましょう」

興奮に顔を赤らめる彼をなだめつつ、じっくり話を聞いてみると、彼は茉莉さんを通して地区長と話す機会をもうけ、八幡神社前での夏祭りが――例の味噌づくりとおなじように、過疎化と高齢化によって――およそ半世紀にわたって途絶えていることを知ったというのです。

「でも、いまやここはかつての寂れた僻地ではありません」と彼は言いました――不便な秘境は、便利すぎてやかましさにくたびれた都会のひとたちに潤いをあたえている、どころか生きかたを見直すきっかけとすらなっている。その結果、移住者も増え、新たな命も誕生した。N集落こそ、この町に新たな風を吹きこむ場所だ。だからこそ、長らく途絶えていた夏祭りを復活させて、これまでの頑張りとこれからの発展をみんなで祝おう。そして祭りはN集落だけの閉じたものとはせず、東京をはじめ、他県からもひとを呼びこむことができればなおのこと理想的だ――といったようなことを、楠木君は地区長に提案したというのです。私はあまりの驚きに、まさしく口をあんぐりと開けていたことでしょう。

二十代半ばの若者のこの提案に、七十歳の地区長は両眼から涙をつーと滴らせたといいます。「きっと、かつてのにぎわいを思いだしたんでしょう」と楠木君は胸をはり、誇らしげに言いました。

地区長はその足で楠木君を連れて、N集落独自の民謡を受け継ぎ、保護活動をしているという「椿会」の会長の家へとむかいました。楠木君は地区長にした提案を「椿会」の会長にもすれば、地区長より十五歳上の会長も眼を輝かせ、「ぜひやろう」と手を叩いたといいます。


「夏祭りといってももう八月だし、いまからではとてもじゃないけど間にあわないと思うなあ」と私は、興奮冷めやらぬ楠木君をやはりなだめるために、あえてそう口にしました。

それにたいして楠木君は、「やるのは来年ですよ」とすかさず答えました。「これから集落のみんなで歌と踊りと、それから三味線をおぼえるんです。なんでも幾世代も受け継がれてきた追分があって、でもそれをいま歌って踊れるのは、椿会のメンバーだけだそうです。だから大人だけではなく、子どももふくめたみんなで習って、おぼえるんです。その過程を動画に撮って、ネットで配信してもおもしろそうですね。最初はぎこちない歌や踊りがだんだんうまくなっていく様子とか、なんだか劇場型のアイドルみたいだな」

饒舌に唾を飛ばす楠木君の横顔を見つめながら、私は素直に感心していました。味噌づくりのあの若者たちへの対抗心から生まれた発想であることはまちがいないでしょうし、どうしてあの三人に対抗心を燃やすのかもやはりまるでわからなかったものの、夏祭りを復活させるという気概と、そのために地区長や「椿会」の会長のもとをおとずれたという行動力は、これまでの彼には見られなかったものだからです。

ところがつぎに発した彼のひと言は、私の胸をぐさりと突き刺すようなものでした。彼はこう言ったのです。「一ノ瀬さんには、このプロジェクトのリーダーになってもらおうと思います」

私のそれまでの沈黙は絶句という形で引き継がれて、押し黙る私にむかってなおも楠木君は、「もちろんぼくが言いだしたことですから、ぼくもしっかりと動きます。ですが、ぼくみたいな、この集落に住んでさえいないふらふらとした若造がしゃしゃりでれば、まとまるものもまとまらなくなってしまいます」と言いました。

「いや、それこそきみのような若者が先頭にたったほうがいいんじゃないかな、ほら……」と言いかけて、そのあとにつづくはずの、「あの三人の若者のように」という言葉を私はなんとか飲みこみました。その言葉は、確実に彼を刺激してしまうでしょうから。

「いや」と楠木君は私の否定に否定を重ねて、「やはり一ノ瀬さんしかいないと思います」と言いました。「なぜなら一ノ瀬さんは、ほんとうの苦しみや悲しみを知っています。普通に、平穏に暮らしてきた人たちには見えない景色を一ノ瀬さんは見、そして一度は、いや、何度も壊れかけた。でも、この地でふたたび再生しようとしている……人生のどん底を味わい、長い時間をかけて自分を見つめ直したからこそ、言える言葉があると思います。ぼくは一ノ瀬さんのあの告白を聞いてから、そんなことをずっと考えていたんです」

かつて彼に話した私の過去を引きあいにだしながら、楠木君はひと息にそう言いました。さらには私のことを、「導くひと」だとも……。

このときの彼の胸のうちを推しはかることは私にはできませんでした。ただ、あの三人の若者への対抗心はあるにせよ、それだけが彼の言動の源にはなっていないような、そんな気はしていたのです。では、なにが彼にそうさせたのか……その鍵は、かつて彼が私に話したことにはふくまれていなかった、彼の過去にあると私は思いました。それは彼に説得される形で、翌年の夏祭りのプロジェクトをすすめるために、それまではろくに、というかまったく参加しなかった、消防訓練や草刈りといった集落の行事にも顔をだすようになり、いまさらながらに集落の住人たちとの邂逅を果たすなかで、彼が打ちあけてくれたものでした。

＊

楠木君は小学四年生から中学三年生の春まで、「森の子ども」と呼ばれる少年であったと、私に告げました。「森の子ども」とは、「森の共同体」で暮らす子どもたちをさす呼称であり、「森の共同体」とは、関西のとある街の隣の村にあって、街と村に挟まれた森を精神的な根城とする団体で……と書くだけで、すでにあなたの頭は混乱してしまうでしょうが……いわゆる「コミューン」と考えていいかと思います。メンバーの数は、楠木君が在籍していた当時、つまり十年前で四十人ほどだったというから、現在のN集落とそれほど変わらない数字です。

共同体の大人たちは村の施設のなかで農業をしたり、隣街や近隣の街に働きに出て、子どもたちは村や隣街の公立学校へ通っていたといいます。そして、大人たちの稼いだお金はすべて共同体にあずけられ、共有の財産とされました。「森の共同体」では私有は原則禁止とされていたのです。

楠木君は言いました。「ぼくはみんなで、みんなはぼく、これがぼくたちの根幹をなす考えでした。ひとも動物も自然もものも、それからたとえば概念であっても、ぼくであって、そしてみんなである。先生はぼくたちにそう教えていたのです」

この楠木君の言葉から私が連想したのは梵我一如《ぼんがいちにょ》ですが、楠木君によれば、「森の共同体」は宗教ではないというし、「先生」といわれる指導者の教えについても、「当時のぼくは文字どおりまだ子どもでしたから、先生の言うことをすべて理解できていたとは思いません。ただ、自分以外のひとや動物の痛みも自分の痛みとして感じようと、とてもシンプルですが、ぼくたち子どもにむかって先生はそれを何度も説いていました」と言うものの、この言葉のみでは「先生」の教えの深さがいかほどのものであったか、判断しようがありません。

「自分以外のひとや動物の痛みも自分の痛みとして感じよう――」、これではわざわざ宗教を持ちだすまでもなく、道徳の範囲で済むことです。ただし、なにをもって宗教とするかはとても繊細かつ曖昧な定義のため、ここでは触れないでおきます。そのかわりに、といってはなんですが、楠木君が共同体の「先生」から受けとったという一枚の手紙をここに書き写しておきましょう――かすかに黄ばんだその手紙を、彼はいまなお大事に持っており、いつぞや私はそれをコピーさせてもらったのでした。

《はじめに風がふきました。しばらくするとどこかで歌が生まれ、風は歌を運びました。みんなが風にのって運ばれてくる歌を聞きました。やがてだれもがその歌をおぼえ、みんなで歌を歌いました。

それから、永遠よりはほんのすこし短い時間のあとで、言葉が生まれました。すると、ひとびとは楽しくおしゃべりするようになりました。だれもがおしゃべりに夢中になるあまり、だれも風の音に耳をかたむけなくなりました。

言葉にかき消されまいと、風はびゅんびゅんと音をたててふくようになりました。すると、ひとびとはおのおの家のなかに閉じこもるようになりました。風はとても冷たく、家のなかはとても暖かかったからです。窓はいつまでも閉ざされ、風はいつまでもびゅんびゅんと家の外でふいていました。

暖炉の前に座って、あいかわらずひとびとはおしゃべりに夢中になっていました。もはやだれも歌を歌わなくなりました。やがて、だれもが歌のことを忘れてしまいました。

それでも風はふきつづけました。もちろん、いまも風はふいています。

森のなかで耳をすましてみましょう。風がふき、木が揺れて、ふくろうがホーと鳴けば、泉で魚が飛び跳ねます。みんなで歌を歌っているのです。そこにあたりまえにある歌に、きみは気づいているでしょうか？》

「森の共同体」が宗教かそうでないかはともかく、この手紙の「先生」の言葉は、したたかに私の胸を打ちました。言葉は文脈によって意味を変えます。ですから、私は私の文脈にそって「先生」の言葉を受けとめたわけですが、その言葉は、私が長年支配されてきた言葉と相対するものであるように、私には思われたのです。

それはいうまでもなくグルの言葉です。ですから右の「先生」の手紙をもじっていえば、私にとっては——はじめに言葉がありました。

かたや「先生」の手紙は、楠木君の文脈ではどうだったのか？　彼は言いました。「ぼくは小学五年生のとき、学校の帰り道で同級生の女の子を川に突き落としてしまいました。なぜそんなことをしたのか……それは、それより数日前、ぼくが森のなかで虫を殺したときに、ぼく自身はまるで痛みを感じず、ぼくはみんなで、みんなはぼく、という先生の教えに疑問を抱いたからです。虫もぼくなら、どうしてぼくは痛くないのか？　相手が虫だから？　だったら人間なら？　そんな考えからぼくはまず、自分の指の腹をナイフで切りました。すると痛みを感じました。そしてつぎに、学校の帰り道で女の子の背なかを蹴り、川に突き落としました。今度は痛みを感じませんでした」

しかし彼のその行動は、当然彼の通う小学校でも、「森の共同体」でも問題となりました。そしてそのとき、彼が提出した反省文にたいして「先生」が返したものが、右の手紙だったのです。

ところが彼は――さきにも書きましたが――中学三年生のときに「森の共同体」を去ることになりました。

ある事件が彼を襲ったのです。

それは四月も終わりに近づくころのことでした。彼が通っていた街の中学校で、ある噂が持ちあがったのです。なんでも、中学校からほど近い公園で、散歩中のおじいさんが頭をぐちゃぐちゃに潰された猫の死体を発見したというのです。

そして、その犯人、つまり猫殺しの犯人として学校内で広まった名前が、楠木尊でした。どうして彼が犯人と目されたのか？　彼は言いました。「ぼくが『森の子ども』という、いわば中学校のなかでの異物だったから、ということもあるでしょう。なにを考えてるのかわからないやつ、なにをしでかすかわからないやつ……そんな怖れを、同級生たちはぼくに抱いていたんだと思います。この気持ちは、あなたならわかるでしょう？　あなたもこの世間では、ずっと異物だったでしょうから」

私の心臓はどきりと跳ねあがりました。彼の射抜くようなまなざしに釘づけにされたまま、返す言葉が見つかりませんでした。

この一件についての彼の口は重く、これ以上のことを語りはしませんでした。ともかく彼は、母とともに「森の共同体」を去ることになったのです。かたや彼の父は、「森の共同体」に残ったといいます。

「『森の共同体』に移住したのは、父の提案によるものでした。もともと母は乗り気ではなく、移住後も共同体の生活には馴染めていなかったのでしょう。ぼくが母に『ここを出たい』と言うと、母はあっさりと『一緒に出ましょう』と言いました。反対に、父は頑として首を縦に振りませんでした。ぼくはみんなで、みんなはぼく……そう教えられて過ごした最後の形が家族の離別……もちろんその原因はぼくにあったのですが、なんだか釈然としない気持ちを抱えたまま、ぼくは母とともに『森の共同体』を去ったのです」と楠木君は言いました。

そして楠木君は、母と祖父母とともに愛知県のとある町で暮らしはじめ、町内の公立中学校に転入し、およそ一年後には名古屋市内の公立高校へ進学しました。

楠木君は言いました。「一年生のときは、同級生の視線から逃れるようにひっそりと過ごしました。これまで異物として白眼視されてきた経験がそうさせたのかもしれません。異物であることには慣れっこになっていたはずなのに、環境が変わったからでしょうか、白眼視に知らぬ存ぜぬをつらぬけるほどの強さは、もはやぼくからは失われていました。だから今度は異物ではなく、透明人間であろうと、そんなふうに考えたのです。

ところが高校二年生になると、どういうわけだか女子生徒から人気が……つまりモテるようになりました。そしてあるひとりの女の子に告白されて、交際することになりました。夏休みにはダブルデートで湾岸の花火大会に出かける……なんて、こっ恥ずかしくて自分自身でも失笑せずにはいられないようなことさえしました。それでももう誰もぼくを異物として見ない、どころか男女を問わず、好意さえもって接してくれている……いくら凡庸であろうとそのことに安堵しては、胸を躍らせ、痛め……そんな青春の日々を過ごすようになったのです」

そんな凡庸な――と彼が言う――青春時代は大学生になってもつづきました。ほどほどに勉強をし、サークル活動をし、アルバイトをし、恋愛をし、就職活動をする。そして一年間の留年こそしたものの、無事に卒業したその日に、彼は三年間交際した恋人に結婚を申しこみます。恋人は彼の申し出に、迷うことなくうなずきました。

「その瞬間、ずどん、とおおきな衝撃がぼくを襲いました。全身をつらぬくあまりの痛みに、ぼくはうめき声をあげたほどです。心配顔の恋人にむかってはなんでもないと取り繕いはしたものの、なんでもないはずがないことはすでにわかっていました。それでもその衝撃の正体をつかむまでに、もうしばらくの時間が必要だったのです」と彼は言いました。

そうして鈍い痛みを抱えながらに、楠木君はなんとか結婚生活をはじめ、会社に勤めはじめました。なおも凡庸な日々をもとめるがごとく……しかしまもなく、彼はある考えに思いいたります。

楠木君は言いました。「『森の共同体』にいたのは五年ほどです。それ以降に過ごした時間のほうが長い……それでも、小学生から中学生という、まさしく子どもから大人への変化の兆しを鋭く感知する時期に、『森の共同体』のなかで先生の教えを必死に理解しようとつとめ、そして村や街の学校で異物として白眼視にさらされた日々は、まさに木の根のようにぼく自身の根となり、それはもはや抜くことのできないものとなっていたのです。だからこそぼくは、おそらくは無意識の抵抗から、凡庸さをもとめた……」

数か月にわたる逡巡の末に彼は会社を辞め、妻とも別れ、そしてこの町にやってきました。「森の共同体」へ帰るという道もあったはず……私がそうたずねると、彼はうつむき、「それは、母を裏切ることになるような気がして……」とぽつりと言いました。

根なし草の心もとなさを胸に抱きながら、すでに書いたように彼は親類の旅館を手伝いながら、これからのことを考える心づもりでした。ところが当の旅館は閉館することが決まっていて……ということもすでに書きましたね。

こうして彼は、はやくも選択を迫られることとなりました。つまり――やはり彼いわく――凡庸なる人生を受け入れ、ふたたびそこに戻るか、あるいは……とそのさきの言葉がどうしても見つからず、途方に暮れていた彼の眼の前にあらわれたのが、N集落の八幡神社の御神木である、クスノキだったのです。

「かつて、ぼくが暮らした『森の共同体』の根城である、村と街に接する森の中腹にはちいさな池がありました。その池をぼくらは『母なる泉』と呼んでいました。

ぼくらは『母なる泉』で毎週金曜日の夜に集会を開きました。そこで先生によって語られる『森の思想』に、ぼくらは耳をかたむけるのです。先生は、大人向け、子供向け、といった区別はせずに語ります。とはいえ、どうやらきょうは難しい話らしいぞ、とか、これは子供向けのやさしい話だな、というようなことぐらいは、なんとなくですがわかります。

ぼくが『森の共同体』に移住して半年ほどが経ったあるとき、先生の話が大人向けであることに気づいたぼくは、早々に脱落し、池のほとりに生える一本の巨木のもとへ、ふらふらと歩み寄りました。そしてその木肌に触れ、撫でていると、身体の奥底にじんわりと熱を感じ、やがてあえぐほどの熱さに全身が包まれていったのです。ぼくはみんなで、みんなはぼく……そのことを、ぼくははじめて我が身をもって体験したのでした。

それから、そんな体験をふたたびもとめるかのように、ぼくは森に入り浸るようになりました。『母なる泉』の傍らの巨木の木肌をあのときのように撫でたり、あるいは巨木の根もとにはおおきな洞がぱっくりと口を開けていたのですが、小学生のちいさな身体はそのなかにすっぽりとおさまったので、まるで胎内へと回帰するかのような心もちで洞のなかに潜りこんでは、気づけば寝入ってしまって、隣街から聞こえてくる『夕焼け小焼け』のチャイムに起こされることもままありました。それでも、あのときの集会で感じた、木と一体となる感覚……それはいつまでも訪れることはありませんでした。『森の子ども』となってまだ一年、それでもじわじわと焦燥感はぼくを蝕み、そしてぼくは森のなかで虫を殺しはじめるのです……」

この町でクスノキを撫でる彼の心に、ふたたびかつての傷口が開いた……と同時に、彼の心は大いなる安らぎに満たされていったといいます。

「やっと自分の木を見つけた……はじめて八幡神社のクスノキに手を触れ、撫でているうちに、ぼくはそう感じました。そしてそれは、ぼくはみんなで、みんなはぼく……つまり、『森の共同体』の教えに回帰することでもありました。あの場所に帰らずとも、ここでだって先生の教えを実践できる……いや、むしろ、ぼくはみんなで、みんなはぼく、であるならば、それは限定された場所で実践すべきことじゃない。八幡神社のクスノキは、途方に暮れていたぼくを勇気づけてくれたのです。

そして一ノ瀬さん、あなたもまた、ぼくに勇気を与えてくれました。あなたはぼくの葛藤など目じゃないほどに、魂の遍歴を経て、この町にやってきた。ぼくにとって、いまやあなたこそが、導くひとなのです」

私は楠木君の眼を、まさしくそれは睨みつけるほどに、じっと見つめました。彼もまた、私から眼をそらすことはしませんでした。

彼の眼に嘘はない。自身を騙してもいない。もちろん私を騙そうともしていない。彼の眼を見つめつづけ、私はそう結論し、やっとのことで眼をふせました。おおきく息を吸い、吐いて、なんとか心を落ち着かせようとしました。でもだめでした。かえって私の心は不安にうずきはじめました。

彼の眼は、あまりに澄んでいたのです。あまりになにかをもとめていたのです……それはかつて教団で、私がまわりの信者たちに見ていた眼でした。そして私もまた、おなじ眼をしていたはずです。

もちろん楠木君がもとめているものは、信仰と呼びうるものではないでしょう。それでも、あまりに澄み、もとめる眼たちの暴走、そして破局を、私は我が身をもって知っています。だからこそ、私はこのとき、はじめて彼を警戒したのです。それは彼が危険だという意味ではありません。彼がなにか事件を起こしたり、だれかを傷つける、ということではなく、彼のそのあまりの純粋さがいずれ彼自身を傷つける……そんな未来を垣間見たような気がしたのです。

「魂の遍歴を経て——」、彼はそう言いました。たしかにそのとおりです。私は私なりのやりかたで、「魂の遍歴を経て」きたのでしょう。それはまるで誇るべきことではなく、ひたすらに過去と向きあい、身悶え、恥じることでした。生きることを諦めようとすることさえあった……それでもいまだ生きている、生きつづけることをやめることができない……これは矛盾だろうか？　そんな自問自答を二十年も繰りかえしてきたのです。

だからこそ、そんな私が「導くひと」にふさわしいはずがありません。そしてなによりの問題は、彼が、もとめすぎている、ことなのです。彼は「森の共同体」を去ることによって、「先生」のみならず、父をも失うことになりました。父性の欠如……それこそが彼に、過度に、「導くひと」をもとめさせてはいないだろうか？

出家し家族を棄てたかつての私が、グルに父の役割もまた、強くもとめていたように……。

とはいえ、私が彼にどうこういうことはありませんでした。私は「導くひと」ではけっしてありませんが、彼の友人であり、手を差し伸べられることだってきっとあるはずだと思ったからです。

＊

そうした経緯もあり、夏祭りにむけて、一応はリーダーの役目を引きうけることとなりました。しかし実際のところは楠木君が動きまわって、私がぐいぐいと引っぱられる場面のほうがはるかに多いなか、準備は着々とすすんでいったのです。

歌も踊りも三味線も、みなが着実に上達していきました。三味線の音とともに子どもたちの笑い声が響く夕暮れどき、地区長の浅川さんから、「あんたらがきてくれて、ほんとによかったよ」と言っていただいたときには、思わず涙がこぼれそうにもなりました。

私の生活もがらりと変わりました。集落の住人の方々との交流もおのずと増え、私もその一員として馴染めていると感じるようになりました。私の家までとれたての野菜を届けてくれる方もいて、でもきまって早朝であるために、長らく夜型の生活を送っていた私ははじめこそ閉口しましたが、いつしかガラガラと鳴る引き戸の音を心待ちにさえするようになりました。また野菜は漬物にしたり、乾物にしたりと、いろいろと工夫する術もおぼえました。さすがにつぎつぎと見合い話をもってこられるご婦人には困ってしまいましたが……。

ともあれ私も、楠木君も、この町でなんとか折りあいをつけながら、日々を過ごすようになりました。すべての歯車が順調にまわりだす……そんな実感さえ抱くほどでした。

ところがこの五月も半ばのことでした。新型ウィルスの感染拡大がいっこうに収束の気配を見せず、そのために夏祭りの中止が決定されたのです。なにしろ半世紀ぶりの祭りです。ウィルスなどに怯えず、盛大なものとするために、来年に延期するということで住人たちの意見が一致したのでした。

それでもN集落のだれもが肩を落とすなか、発起人である楠木君の落胆ぶりは見るも痛ましいほどでした。茉莉さんのゲストハウスに顔をだすこともまれになり、心配した私は――N集落のみならず、町内でもなかなか空き物件が見つからないために――なおも閉館した親類の旅館に間借りしている楠木君のもとをたずねました。

ふすまを開けた私は、私に背をむける形で膝に胸を押しあてうずくまっている楠木君にむけ、声をかけました。けれども予想していたとおり、いっこうに返事はありませんでした。ですから私は、「気分が落ち着いたらゆっくり話そう、待ってるからね」と言い残し、そっとふすまを閉めたのです。

私は自宅にまっすぐ帰ることはせず、茉莉さんのゲストハウスでいつものように縁側に腰かけぼんやりと、日が暮れ薄紫色に染まる空と、夜霧の気配にはやくも膨張をはじめ、輪郭が曖昧になりゆく四方の山々を眺めていました。するとやがて玄関の引き戸が勢いよく、というより乱暴に開けられる音が耳に届いて、さらに、どん、どん、と臀部にまで響く足音がこちらにむかってくるので、ふいと振りかえれば、そこには楠木君の姿がありました。

閉められたガラス戸のむこうの囲炉裏の傍らで、あたかも仁王立ちをするように立ちつくす彼は、まっすぐに私を見つめていました。いえ、睨みつけていました。その眼は怒りに燃えたつとともに、悲しみと蔑みが入りまじっていることをすぐさま私は見抜きました。けれどもなぜ彼がそのような眼をしているのか……その見当はまるでつかずに、私は振りむいた半身の体勢で上半身と腕をぐいと伸ばしてガラス戸を開け、「よくきてくれたね、すこし話そうか」と彼に声をかけました。

ところが彼は、板の間の囲炉裏の傍らに立ちつくし、しばし無言のまま私を睨みつづけました。かたや私は無理な体勢のまま彼の返答を待っていたために、背なかと腰が鈍く痛みはじめて、ですから一度座り直して身体をほぐそうと楠木君に背をむけたところで、その機をうかがっていたといわんばかりに彼は、「あなたは偽物だ。あなたはどこにでもいる、身も心も薄汚れたただの中年男に過ぎない」とひと息に言い放ったのです。その声色にも怒りと悲しみと蔑みが入りまじっていました。彼の張りつめ、張りあげた声は土間にまで届いたようで、茉莉さんが作業の手をとめる気配を私は感じました。

彼の言葉に困惑する私はなにも言い返すことができずに、もう一度振りかえって彼を見あげました。彼はなおも怒りと悲しみと蔑みの入りまじった眼を私にむけたまま、その顔色はみるみる土色に濁っていき、額には大粒の汗が無数に浮かびあがっていました。そして一文字にぎゅっと結んでいた唇をほどけば、今度はあたかも首を絞めあげられたかのような苦しげな声色で、なおもひと息に、彼はこう言い放ったのです。

「ぼくは見てしまったんです、あなたが風呂を覗き見ているところを。現場はここです。しかもあなたは覗き見るだけでなく、左手で口もとを覆いながら……右手をズボンのなかに突っこんで……激しく……激しく動かして……悶えるようにくねくねと……ああ、いやらしい！　汚らしい！」

その瞬間、土間で皿の割れる音がしました。私はそちらにさっと視線を移しましたが、楠木君はかまわず、「なにが導くひとですか。ええ、たしかにそれを言ったのはぼくですよ。でもね、あなたは否定しつつも、まんざらでもない顔をしていましたよね。あなたは本心では、自分のことを導くひとだなんて、恥知らずにも思っていたんじゃないですか？がっかりさせないでくださいよ。あなたは欲にまみれた、薄汚い、ただの中年男ですよ」と追撃の言葉を私に浴びせかけ、やはり、どん、どん、とおおきく足音を響かせて、ゲストハウスから姿を消したのでした。

私は半身の無理な体勢のまま、しかし魔法をかけられたように、まるで動くことができずに茫然としていました。やがて板の間に顔をだした茉莉さんが、楠木君とおなじように囲炉裏の傍らに立ちつくして、私を見下ろしました。その眼は、楠木君のような怒りや悲しみや蔑みよりもむしろ、憐れみの色で満ちていました。

告白します。楠木君の言ったことは事実です。

それは夏祭りの中止が決定される一週間ほど前のことでした。新型ウイルスの蔓延によって——あなたもそのひとりとなるはずでしたが——ただひとりの観光客も訪れることのなかったゴールデンウイークの最中に、すでにあたりは闇に包まれていたものの、切通しのむこうの自宅を出た私は、気づけば茉莉さんのゲストハウスに足をむけていたのでした。月のない夜に、ゲストハウスの風呂場からぼうっと洩れ出る橙色の明かりがゆらめいて、するとたんに忍び足になる私はそろそろと、まさしく街灯に吸い寄せられる蛾のごとく、風呂場に近づいていったのです。そして、そのあとに私がしたことは……楠木君の言ったとおりです。私は茉莉さんの入浴姿を覗き見ながら、マスターベイションをしたのです。

言い訳をするつもりはありません。しかし、ひと言だけ、誓って申しあげますが、ただ一度きりのあやまち……それを楠木君に目撃されたのです。運が悪かった、などと言うつもりは毛頭ありません。むしろ、目撃されなかったことで常習化してしまう恐れもありましたから——一度の罪も百度の罪も罪であることは承知のうえで——楠木君に目撃されてよかったとさえ思います。

それではなぜ、私はこのような行為におよんでしまったのか……これもまた、言い訳ではなく、ひとつの告白として申しあげます。

当の出来事の日に、私のもとに一通の手紙が届けられたのでした。その手紙は、私が差しだした手紙への返書でした。手紙の送り主は、私とは時期こそたがえど、おなじく教団を脱会した元信者です。

夏祭りの準備も着々とすすみ、すべての歯車が順調にまわりだす……さきに私はそう書きましたね。まさしくそんな矢先に、私は当の元信者に宛てて手紙を書いたのです。ですから、そこには楠木君のことも書かれてあり、この手紙ともいくらか重複する部分がありました。しかし根本的に異なるところは、こちらの手紙は――やはりすでに書いたとおり――「私のこと」を終わりにするためのものであり、つまりは最後の告解です。かたやもうひとつの手紙は、「私のこと」をはじめる、いえ、推しすすめるためのものでした。そこではいまだ夏祭りは中止になってはおらず、ですから期待に胸を躍らせ筆を握る私は、未来への希望さえ書きつけていたのです。

そんな私の手紙にたいする元信者からの返書を、ここに書き写しておきましょう。

《一ノ瀬恭介君

ずいぶんとしばらくぶりだね。手紙をくれてありがとう。無事、こちらに届きました。というのは、きみが手紙の宛先としてくれたぼくの実家に、ぼくはもう住んでいないからなんだ。ぼくの両親はぼく宛の手紙は破棄しているのだろう。ぼくがいま暮らしている(封筒の裏面にも記してあるけれど)能登半島の北部の町には、実家から手紙が転送されてくることはまずないんだよ。

ところがきみからの手紙はぼくのもとに届けられた。封筒の表面には見慣れたきみの字が並び、ふと懐かしい気分がこみあげてきたところへ、裏面の糊づけされた封の部分が慎重に開けられた形跡をすぐさま発見し、懐かしさはどこかへ吹っ飛んでしまったのだけれど……。

きっと両親は、ぼく宛の手紙をそうしてすべて開封し、読んだうえで破棄しているのだろう。それでもきみの手紙はそうはならなかった。ふたたび閉じられ、ぼくのもとへ届けられた。どうしてだろう？　と思って手紙を一読し、すぐさまそのわけがわかったよ。そこにきみが書きつけていた山梨の山奥での暮らしぶりは、まさしく「転向」ともいえるものだったから。しかもきみはそれを嬉々と躍るような筆致で書きつづっていた。ぼくの両親はそうしたきみの手紙を読んで、ぼくに眼をさましてほしいと思ったんだろうね。

でもね、最初にはっきりいっておくけれど、ぼくはきみの手紙を読んで感銘を受けることはなかったよ。それどころかきみの愚かさだけが浮き彫りになるようで、思わず失笑したほどだ。

とくに、楠木という若者に「導くひと」などと持ちあげられて、文面から浮かびあがってくるきみの浮かれぐあいには、正直吐き気さえこみあげてきたよ。

たしかにぼくもきみとおなじように、教団を脱会した身だ。でもね、それはそもそも脱信仰をめざしたからではない。きみとはちがって、ぼくは分裂後もしばらくは正統派に残ったけれども、そこでの絶えざる後継者をめぐる内紛についに耐えられなくなって、教団を脱会したにすぎない。ぼくにとってグルはただひとりだからね。後継者なんて、そもそもいるはずがないんだ。

そして実家に戻ったぼくは、元信者たちと連絡をとりはじめた。きみもそのひとりだったね。当時のきみは言葉にしなかった、いや、きっとできなかったのだろうけど、迷いの最中で苦しんでいたことは、ぼくにはわかっていたよ。信仰心をなお抱きながら、棄教をもとめて揺れ動いていた。そんなきみに、ぼくはあえて手を差し伸べることはしなかった。たしかにきみの気持ちもわからなくはなかったからね。

教団があのような事件を起こして、信者のだれもがどん底に突き落とされたはずだ。とくにぼくらのような末端の出家信者はなおのこと、情報がほとんど届かないために、はじめは到底信じることなどできなかっただろう。虫一匹も殺せないぼくらが、どうして無差別殺人などするんだ？　だからグルや師のいうとおり、すべてはマスコミによるでっちあげ、あるいはアメリカや他の宗教団体による陰謀だとはじめは信じた。でも事件から時をおかずに最高幹部たちが逮捕され、やがてグルも逮捕され、そして裁判で証言が重なっていくにつれて、教団内ではなお陰謀説を信じる者と、もはや信じない者、つまり、あれはたしかに教団が起こした事件だという者にわかれていったのは、きみも知るところだよね。幹部たちとはちがって、肝心のグルが裁判でまったく口を開かないのだから、そうした反応が起こるのも当然のことだし、それによってさらに動揺がひろがるのも無理はない。

でもね、ぼくの立場はといえば、当時からいままでいっさい変わらない。たしかにはじめこそとまどったけれど、入信以来、グルへの帰依が揺らいだことは一瞬だってないのだから。つまりあの事件が陰謀だろうが、教団によるものだろうが、究極のところはどっちだっていいんだ。仮に教団によるものであっても、それもまたグルの大いなる意志であろうから。それは人類の救済活動の一環であり、我々を解脱に導くための試練だ。

だからこそ、きみの手紙を読んでほんとうに反吐が出る思いだったよ。とくに気になった部分を書き写しておこうか。一度まっさらな気持ちになって、読みかえしてみてくれ。それがいかに愚かなものであるか、いまのきみにはわからないかもしれないが……。

「かつての私は、自分自身の足で立ってはいませんでした。歩いてはいませんでした。己のすべてを――それは細胞のひとつにいたるまで――グルにゆだねる。これこそが教団の原則でした。ですから信者は自分の頭で考えることはしない。いや、してはならない。でも、それはまやかしでした。それこそがあやまちでした。私は逃げていたのです。信仰という大義名分のもと、自分の頭で考えることから、自分の足で歩むことから逃げていたのです。私は楽をしていたのです。

自分自身の力で生きていくことはけっして楽ではありません。自分自身の頭で考えることは楽ではありません。それでもなお、みずからの足で立つこと。歩むこと。かつての狂信からの脱却の過程ですこしずつですが、考え、実践してきたことを、あらためてこの町で私は深めていったのです。グルはもういないのですから」

「私はかつて、絶対の自由、絶対の幸福、絶対の歓喜をめざして、修行をしていました。それは完全なる煩悩の破壊。修行者がめざすべき究極の境地。

ですが、本当にそうだったのだろうか？　と教団を脱会したのち、内省と反省の洪水に溺れるような日々のなか、まさしく息も絶え絶えに、私は幾度も問いつづけてきました。

するとあるひとつの考えにいたったのです。すなわち、解脱をめざすこともまた、ひとつの欲望ではないか？　超越者になろうとすることも、ひとつの欲望ではないか？

それは絶対の境地などではない。むしろ、ひとより優れた人間になりたいという、相対的な、凡庸な欲望でしかない。もちろん、修行者としての私のレベルが浅かった、ということもあるかもしれない。それでも私は、いや私たちは、あのころ、とてもぎらついた眼をしていました。ともに修行に励む仲間をだし抜いてでもステージをあげたい、あるいは教団の外のひとたちを凡夫とあざ笑う……そんな攻撃的なぎらつきでした。それはつまり、ひととはちがう自分でありたいという欲望が生みだすぎらつきだったのです」

「解脱をめざすこともまた、ひとつの欲望」？　きみはほんとうにそんなことを考えているのか？　だとするならばひと言、笑わせるな、といっておくよ。邪《よこしま》な欲望にとらわれているのはきみのほうじゃないのか？　「導くひと」？　ふざけるなよ。「導くひと」はひとりしかいない。それはきみだってわかりきっていることじゃないか。それこそ「細胞のひとつにいたるまで」だ。ぼくらはグルに永遠の帰依を誓ったはずだろう？

グルは今生こそすでに終えられたが、この乱世を、そして我々を見棄てることは絶対にない。まだ涅槃《ねはん》には入られず、ふたたび転生してぼくらの前に姿をあらわしてくださるだろう。だからこそ、その準備としてぼくは能登半島で、新たに集団生活をはじめたんだ。

ぼくのように、教団を脱会しながらもグルに帰依しつづけてきた者、あるいは教団にとどまりながらも違和感を抱いていた者と、ぼくはひそかに連絡をとりあってきた。そしてグルの死刑を契機として、ついにぼくらは本格的に活動をはじめたんだ。新たに起ちあげた団体の名は、「待ちのぞむ家」。いまはまだ二十人ほどのちいさな集団だが、いずれは最大勢力にするためみんなでがんばっているよ。そのためのプランもすでに用意してある。ぼくたちこそが、グルをお迎えすることになるはずだ。

かつては末端信者のひとりでしかなかったぼくだが、いまでは師として指導する立場にもなった。とはいえ、ぼくは恥知らずにも、「導くひと」などというつもりはないよ。ほんとうにきみの手紙は不快で、唾棄すべきものだと思った。だからこそ、いまこそきみに手を差し伸べなければならないとも思ったんだ。はっきりいうよ。きみはいま、魔境にいる。そんなきみをぼくは救いたいんだ。

まやかしの希望や期待などいますぐ葬り去って、ぼくたちのもとに帰ってきてくれ。そして救済活動をともにふたたびはじめよう。そのためにこそ、きみは今生、人間界に生をうけたことを忘れないでくれ。グルの教えから眼をそむけるな。けっして道をあやまるな。いっときの楽は、無間地獄への入り口だよ。

それでは、きみの「帰郷」を待っている。

河辺《かわべ》惟人《これひと》》

私は手にした手紙を文机のうえに置いて、ひとつおおきく息を吐きだしました。するとすぐさま胃のなかのものが逆流しては喉もとまでせりあがってきて、とっさに顔を横にむければ、畳のうえに嘔吐してしまいました。そうしなければ、吐いたものを河辺さんの手紙にぶちまけていたでしょう。私は私を手酷く批判するその手紙を、なぜわざわざかばうようなことをしたのか？　それはいまでもわかりません。いや、ほんとうはわかっていながら、わからないふりをしているのか……それすらもわかりません。ともかく、私はなおも肩を揺らしてむせびながら、とめどなくあふれる涙はぽたぽたと畳のうえに落ち、いくつもの染みをつくるのでした。

それでも私はヨーガの呼吸法によって、なんとか気を落ち着かせることができました。

しかし、河辺さんからの手紙が存在する自宅にいることがどうしても耐え難く、それならば手紙を破り棄てればいいものの、そうする度胸もなく、ですから私は逃げるように自宅を出て、しばらく歩くことにしたのです。

なおも茫然としながら、あてどなく歩く私の眼にぼんやりと映りこんできたのが、茉莉さんのゲストハウスの風呂場からぼうっと洩れ出る明かりでした。そしてその後に私がしてしまったことは、すでに書いたとおりです。

私は衝動的に、それをしてしまいました。しかし思いかえしてみれば、それは欲望に起因する行為、というよりも、それをすることによってみずからを穢し、河辺さんの手紙によってふたたびかつての信仰に引きずりこまれることへの破れかぶれの抵抗の手段であった……と書けば、なおも卑小で卑怯な言い訳をしていると、あなたはお考えになるでしょうか？

いずれにせよ、私の行為はいかなる言い逃れもできない、下劣の極みであることにまちがいありません。

それを目撃し、糾弾した楠木君が立ち去ってどれほどの時間が経ったものやら……私は縁側で半身のまま固まっていた身をなんとかもたげて、なおも憐れむような視線を私に浴びせかけながら立ちつくす茉莉さんの脇をすり抜け、土間におりました。土間には割れた皿が転がり、電球の明かりが奇妙にも、やけに厳かに無数の破片を照らしだしていました。私はそのひとつを拾いあげ、マスターベイションをした右手に傷を負わせるために、左手でしっかりと握りしめました。しかし、私は思いとどまったのです。それは恐怖からではありません。私の頭に、はっきりとした目的が浮かんだからです。私は急ぎ足で自宅に戻り、書斎の文机に座って、この手紙を書きはじめました。そのためにこそ、私は私の右手を傷つけることをやめたのです。

私は焦燥感に追いつめられるようにしてこの手紙を書きはじめ、そしていつまでも焦燥感は消えることなく……それどころかますます深まっていきました。というのも、私が抱く恐れこそ、私のもとから言葉が去っていくことにほかならなかったからです。そうなれば、私はもはや手紙を書きすすめることはできなくなったでしょう。

思えばあなたと出会ったとき、私は言葉を失っていましたね。教団を脱会し、長い時を経てもなお信仰を棄て去ることができなかった私は、自分の言葉を持つことができませんでした。狂信とは、あたえられた言葉のみで生きることだからです。

しかし、あなたや茉莉さん、そして楠木君、それからN集落のみなさんの助けもあって、私はすこしずつ、言葉を取り戻していくことができたのです。教団が事件を起こして二十五年……私にとっては、信仰から脱するための、戦いの二十五年でした。その年月のあいだに考え、実践してきたことを、私は否定するつもりは――すくなくともいまのところは――ありません。河辺さんがいうように、私が魔境にいるとは――すくなくともいまのところは――考えません。だからこそ、私は私の罪を告白するだけでなく、N集落での日々のこともまた、ここに書き残しておきたかったのです。

それでもいまや濃霧に包まれたかのように、このさきの道すじがまるで見えなくなっています。このN集落で――ほんの束の間ではあれ――見えかけた未来への期待……それは幻でしかなかったのでしょうか……やはり私は、かつての信仰から逃れられないのでしょうか……あるいは、実のところは、だれよりも私自身が「帰郷」を渇望しているのでしょうか……。

いまではもう、だれも私をたずねてこなくなりました。食事も睡眠もとらず、ひたすらにこの手紙を書きつづけるなかでどれだけの日が昇り、沈んでいったのか……もはや現在地点を失う私の把握するところではなく……ともあれ私がしてしまったことは、すでに集落のみなさんの知るところとなっているのでしょう。

だから、というわけではなく、私はN集落を離れようと思います。それはこの手紙を書きはじめたときから決めていたことです。

右に書いたとおり、この二十五年のあいだに考え、実践してきたことを、私は否定するつもりは——すくなくともいまのところは——ありません。それでもなお、ささやかながらもこれまでに築いてきた「私のこと」をここで終わりにし、ゼロ地点に立ちかえってみたいのです。

つぎなる場所がどこにあるのか……わずかな手がかりさえもまるでつかめず、それでも出発のときはやってきたようです。荷物はすでにまとめてあります。あとは筆をおき、立ちあがるだけ。

それでは、またの日を。

一ノ瀬恭介》

芦澤良子からのメール

《楠木尊様

お久しぶりです。芦澤です。

その後、一ノ瀬さんからご連絡はありましたでしょうか？　私のほうにはありません。

まずはそのことをお伝えしておきます。

それから、一ノ瀬さんのお手紙を読ませていただきました。そしていろいろと考えているうちに、ずいぶんと時間が経ってしまいました。

この長い長い手紙を私はどう受けとめるべきか？　それを考えるときに、やはりこの手紙はだれに宛てて書かれたものなのか？　その問いが頭を離れません。

手紙の宛名こそ私となっていますが、手紙は一ノ瀬さんからではなく、実際にはあなたから届けられたという事実が、（先日、あなた自身もおっしゃっていたかと記憶していますが）この手紙を、あるいは私自身を、宙ぶらりんな場所にとどめおいているように、どうしても思えてしまうのです。

メールでこそ彼の告白に言葉を返しもしましたが、これほど長い（そして彼が「告解」と名づけるとおりに重たい）手紙に打ちかえす言葉は、さすがに私は持ちあわせてはいません。また、この手紙を受けとめて、私になにかができるとも思えません。

一ノ瀬さんにとって、「芦澤良子」という宛名はとりあえずのものでしかなく、彼がほんとうに必要としていたのは、言葉をどんどんと投げ入れることのできるまっさらな容れものだったのではないか？　というのはさすがに言い過ぎ……あるいは一ノ瀬さんにたいして失礼にあたるでしょうか？

とはいえ、やはり正直なところ、なんだか悪い魔法にでもかけられているような気分です。

きっとあなたが期待したものとはほど遠いでしょうが、いまの私にはこんな反応しかできないことを、どうかお許しください。

それでは、なにか進展がありましたら、またご連絡いたします。

芦澤良子》

芦澤良子の、つれない、ともいえるメールに、ぼくはなんだか肩透かしをくらうとともに、いくらかうろたえてもしまうのだった。

彼女はつれない反応をしながら、あきらかに感情的になっている形跡が、その文面にあらわれている。いや、感情的になっているからこそ、結果、つれない反応となってしまっているのかもしれない。いずれにせよ、それは——言外から滲む——ぼくが手紙を読んだことを前提としているかのような書きぶりからもうかがえる。

たしかに一ノ瀬恭介の自宅で手紙を発見したとき、それはそのまま机のうえに置かれてあった。しかしぼくはひと文字たりとも読むことなく、おなじく机のうえの手紙の脇にすでに用意されていた封筒に入れ、封をしたのだ。

なにしろ宛名のある手紙である。しかし、その当人である芦澤良子が、「宛名はとりあえずのものでしかなく――」と書く。あの分厚さの手紙にたいして、そのような反応をせざるをえないというのは、いったいどういうわけだろう？

唯一の、ともいえるヒントは、やはり芦澤良子が記す、「彼が『告解』と名づけるとおりに重たい――」という部分だろう。その言葉から、一ノ瀬恭介がしたであろう告白の、その具体的な出来事さえぼくには思いあたる節があるものの、とすればなおのこと、芦澤良子がその手紙の相手としてふさわしいのかどうか？　今度はそんな疑問が浮かびあがってくるのだ。実際に芦澤良子に会ってみてわかったことではあるが、一ノ瀬恭介と芦澤良子は親しいとまではいえない間柄であり、芦澤良子も、「この手紙はだれに宛てて書かれたものなのか？」ととまどいを書きつけている。それが、「宛名はとりあえずのものでしかなく」という考えにつながっていったのだろう。

やはり新美《にいみ》茉莉の言うとおり、芦澤良子には手紙を渡さないほうがよかったのだろうか？　ここへきて、そこに書かれていたことを知りたいと強く思いはじめるものの、しかし芦澤良子にその内容を聞くこともはばかられ、そしてなにより一ノ瀬恭介がいまだ見つからないなか、あれこれ考えたところであてもない空想をむなしく広げることしか、ぼくにはできないのだ。

いま、ぼくがもとめているのは一ノ瀬恭介の言葉だろうか？　あるいは彼自身か？　引っ越したばかりの甲府市内のワンルームマンションでひとり、いまだ殺風景な室内の壁に背をもたせかけながら、ぼくはそっと眼を閉じる。そして――実のところはコピーをとっておいた一ノ瀬恭介の手紙をきつく握りしめ、それでもこれだけは開くまいと、波だつ心になんとか言いきかせながら――瞼の裏側で、いまごろ途方に暮れているであろう一ノ瀬恭介の姿を思い描こうとするものの、そこに浮かびあがってくるのは、なぜだかぼく自身の姿なのだ。

眼を開けば、カーテンごしに射しこみはじめる朝焼けの光がぼくを包み、するとぼくもまた、途方に暮れていることを思い知らされるのだった。

・参考文献

松本健太朗

「ゆる移住@早川④」『読売新聞』二〇一九年八月六日朝刊・山梨県版

「ゆる移住@早川⑤」『読売新聞』二〇一九年八月七日朝刊・山梨県版

「人口減の現場@早川①」『読売新聞』二〇一九年八月十五日朝刊・山梨県版

初出誌「群像」
「四月の岸辺」　二〇二〇年七月号
「導くひと」　二〇二一年五月号

湯浅真尋

（ゆあさ・まひろ）

1982年、愛知県生まれ。早稲田大学第二文学部卒業。
2020年、「四月の岸辺」で第63回群像新人文学賞優秀作を受賞。
本書が第一作品集となる。

四月《しがつ》の岸辺《きしべ》

二〇二一年一〇月一八日　第一刷発行

著者　湯浅真尋《ゆあさまひろ》

発行者　鈴木章一

発行所　株式会社講談社
〒一一二-八〇〇一　東京都文京区音羽二-一二-二一
電話　出版　〇三-五三九五-三五〇四
販売　〇三-五三九五-五八一七
業務　〇三-五三九五-三六一五

印刷所　凸版印刷株式会社

製本所　株式会社若林製本工場

KODANSHA

ISBN978-4-06-525148-5